天鹅座深白纪年

CYGNUS DEEP WHITE YEARS

艾可乐 著

CNS PUBLISHING & MEDIA
湖南少年儿童出版社
HUNAN JUVENILE & CHILDREN'S PUBLISHING HOUSE

图书在版编目（CIP）数据

天鹅座深白纪年 / 艾可乐著. — 长沙：湖南少年儿童出版社, 2017.12

ISBN 978-7-5562-3295-6

Ⅰ. ①天… Ⅱ. ①艾… Ⅲ. ①长篇小说－中国－当代 Ⅳ. ①I247.5

中国版本图书馆CIP数据核字(2017)第258231号

PUBLISHING & MEDIA
中南出版传媒

TIAN'EZUO SHENBAI JINIAN
天鹅座深白纪年

责任编辑：罗晓银
总 策 划：熊　静
策划编辑：袁　卫
装帧设计：胡万莲

出 版 人：胡　坚
出版发行：湖南少年儿童出版社
地　　址：湖南省长沙市晚报大道 89 号　邮　　编：410016
电　　话：0731－82196340（销售部）　82196313（总编室）
传　　真：0731－82199308（销售部）　82196330（综合管理部）

经　　销：新华书店
常年法律顾问：北京市长安律师事务所长沙分所 张晓军律师
印　　刷：湖南凌宇纸品有限公司
开　　本：880 mm × 1230 mm　1/32
印　　张：8.5　字　　数：166 千字
版　　次：2017 年 12 月第 1 版　印　　次：2017 年 12 月第 1 次印刷
定　　价：28.00 元

CONTENTS

目录

CONTENTS

目录

CYGNUS
DEEP WHITE
YEARS

每年九月，北天星座之一的天鹅座便会飞升天空。

纵然银河浩瀚，繁星数不胜数，但你仍然可以轻松地一眼认出天鹅座。

无论升起还是降落，它的姿势都是那样优雅、美丽。

我想，在每一个人心里，都有一个无论在哪里都能第一眼认出的天鹅座。

CYGNUS
DEEP WHITE
YEARS

楔　子

某个不美好的夜晚，窗外淅淅沥沥的雨敲打在窗户上。

屋内，晕黄的灯光下，一个眼睛红得跟兔子一样的女生坐在电脑前，看着电脑里的一张照片，眼泪吧嗒吧嗒地掉在键盘上。

“呜呜，童话都是骗人的，什么灰姑娘历经磨难就会遇到她的王子，可是她的玻璃鞋都还没有找到，王子就跟公主走到一起了……”

我们的女主角——顾糖心一边哭，一边点击着校园群里最新发布的照片。照片上的男生温柔帅气，女生高挑美丽，两个人在一家咖啡店里，气氛很好，两人互相拥抱着，怎么看都赏心悦目……

男生正是顾糖心暗恋了一年多的心中男神安楠，顾糖心从对他一见钟情到日渐沉迷，几乎看他一眼就觉得心满意足，高兴得好几天睡不着觉。顾糖心觉得如果在有限的青春里能跟安楠在一起，能拥有这么完美的男生，那她就死而无憾了。

但是，就在昨天她终于鼓足勇气，写了三页纸那么长的老套情书给他，打算跟他告白的时候，却爆出了这些照片，此刻她的内心是崩溃的……

“嘀嘀——”

电脑里突然跳出一条网页广告，顾糖心猝不及防，惯性地按着鼠标。视频广告打开来，内容非常直白，里面一个不知道十几线的桃花眼、戴眼镜、穿医生白袍的男演员，说某某诊所可以提供复制恋人的服务……

那个一点演技都没有，满脸透着“我就是来坑钱的”的男演员，非常没有说服力地念着广告词：“满足你所有的幻想，为你量身打造世界上最完美的、只属于你的恋人。”

广告视频结束后，网页又弹出了一条链接。顾糖心几乎看都没有看就关掉了网页，擦了擦未干的眼泪，嘶哑着声音抱怨：“现在的网络广告越来越没有节操了，为了骗别人去诊所，居然做这种虚假广告！还打造什么复制恋人，当别人是傻子呢，现在的科技就算再发达，也没到这种地步吧。而且复制人之类的话听上去就像人口买卖……打断人家伤心，讨厌！我还要再哭一会儿……”

另一边，豪华的别墅里。

阴暗的房间里连灯都没有开，一个男生坐在黑暗中，除了笔记本电脑透出的光以外，就只有他右耳上那颗银色的耳钉泛出寒冷的光。

“咚咚咚。”

门外响起了敲门声。

“进来。”

男生低沉的声音在寂静的房间里显得尤为森然。

“少爷，跟你报告一下顾小姐最新的情况，她现在就读的是长奈学院二年级，坐在第五排靠近窗户边的位子。由于父母不在本市，长奈学院又是非寄宿学校，她现在租住在紫树胡同134号的老公寓楼304室，每天乘坐校车进校，但是晚上都会去一家便利店打工，所以会经过……”

来人推门进来后，好像知道男生没有什么耐心，就没有废话直接报告了自己调查到的详细情况。报告完后，他犹豫了一下还是说道：“另外，顾小姐已经点击浏览过广告，但是她好像……并没有上当。”

“当然，她才不会那么容易上当。”

男生点了点头，挥了挥手示意来人出去。

等那人出去以后，男生嘴角勾起了一抹微笑，自言自语道：“再等一等，我们马上就可以见面了。”

第一章 CYGNUS

天鹅座预言 DEEP WHITE YEARS

01

1

春暖花开的季节，阳光懒洋洋地落在街边大片的落地窗玻璃上，大地在慢慢苏醒，街边的柳树刚抽出新芽，一切都是生机勃勃的样子。

“宙斯为追求复仇女神涅墨西斯将自己变成天鹅，并命爱神阿弗洛狄忒变成一只鹰追捕自己，以博取涅墨西斯的同情。经历一番曲折后，宙斯终得美人芳心。为了纪念此事，宙斯将天鹅和鹰一同升上天空，成为天鹅座和天鹰座……”

人来人往的大街上，地摊前面一个戴着黑色眼镜框、打扮怪异的女人将一张纸牌翻来覆去研究着，嘴里念叨着：“你竟然抽到了天鹅座！这张签从我制作那天起，很少有人抽到。你得小心一点，千万要注意，不要掉进宙斯的陷阱里……好，谢谢，解签优惠价只收你128元，欢迎下次继续光临。”

“大姐，我只是路过，却被你硬拉到摊子前面来，说让我给你当托儿，吸引一点顾客，我没有想要算命啊！”

我想翻一个白眼，没想到之前聚积在眼眶里的泪水竟然流了下来。

“不给就不给，你哭什么呢？”

女人看到我流眼泪吓了一大跳，朝我挥了挥手：“不算命就赶快走，免得别人误会我欺负你这个学生妹！”

我无奈地摇了摇头，站了起来。

如果问本世纪最倒霉的人是谁，那肯定是我无疑！

暗恋了很久的安楠学长，在我鼓起勇气想要告白的时候，不知道从哪里冲出来一个讨厌鬼，害我把准备好的热豆浆泼了安楠学长一脸不算，还不小心在他面前绊倒，莫名其妙地把他的衣服撕烂了（话说安楠学长买的衣服一定存在质量问题，我要去商场投诉），让他误会我是故意想让他在大庭广众之下丢脸。我的心情已经很糟糕了，神情恍惚地想要跑回家躲起来哭，却没想到半路被算命的大姐拉住，神神叨叨地说了一堆之后，竟然还想讹我的钱！

今天我是出门忘记看皇历了，流年不利啊！

离开地摊后，我的心情变得更糟了，就加快脚步往回家的路走。

说是家，其实也只是我租的一间小公寓而已。为了能自己独立生活，也为了躲开爸妈无休止的争吵，我打着想上更好的学校的幌子，离开爸妈身边，来到长奈学院读书。

不过，长奈学院的确是一所不错的学校，我也是拼尽了全力才被录取的，然后我就遇到了安楠学长，并被他吸引……

就在我低着头一边回想，一边自省的时候，手里突然被塞了一张广告单，一个低沉的男声传进我的耳朵："这位美丽的女孩，如果你有时间，就去我们诊所坐一坐吧，你一定会遇到惊喜的！"

"不，我没时间！"

这回我没有犹豫，果断地拒绝了。

这年头是怎么搞的，诊所也开始打广告了？谁没病跑去诊所里坐一坐？难道诅咒自己生病不成？

晦气！

我在心里想着。

但是，那男生并没有放弃，接着用一种可怜的语气哀求我："求你了，你就进去坐一会儿吧。我已经在这里站了一天了，一个客人都没有拉到，这样下去我就一分钱都别想拿到。我上有八十岁的爷爷，下有一个智障的妹妹，他们都等着我回去呢……"

"我说你编台词也要编得像样点，你当我傻……"

我不耐烦地抬起头，却不想对上了一双蓝色的眼睛，那双眼睛深邃又清澈——这样矛盾的两个词放在他身上却很适合。

除了那双眼睛，我就只能看到眼前这只肥大的天鹅玩偶了，那变形的大象腿似的脖子，身体两边像鸡腿一样的翅膀，明明优雅美丽的天鹅却变成了丑小鸭，要不是它的脖子上挂着“天鹅座诊所”的牌子，我就要真的以为它是一只肥鸭子了！

我走了一会儿神之后，反应过来，想着还是赶快走开比较好，这种名字一听就很奇怪的诊所，不知道进去了会发生什么。

但是当我看到男生恳求的眼神之后，却迈不开脚步了。

现代社会里，人与人之间的信任越来越少。从小时候开始，父母就告诉我们，这个世界上有好人，但也有很多坏人，我们不能跟陌生人说话，我们要防备陌生人，保护好自己……

可是，我们在防备坏人的同时，也在拒绝好人，拒绝信任。

我不知道男生说的话哪些是真的，哪些是假的，但广告单上那大片的汗水告诉我，我至少应该停下脚步，帮一帮他。

“反正我暂时也没有什么事，就进去看一看吧。”

我改口道。

“谢谢，谢谢你。”男生似乎没有想到我会这么快改变想法，愣了一下后，马上对着我感激地弯腰鞠躬，声音里透着兴奋，“只要你进去，一定不会后悔的！”

我一个健康到一餐能吃下几碗蛋炒饭的人，跑到诊所去闲逛，怎么就不后悔了？

我无奈地摇了摇头，没有跟他争辩，往诊所里面走去。

不得不说，这家诊所是我见过的装修风格最独特的。一推门进去，我就看到了一幅巨大的油画。油画上是一片宁静的湖泊，湖泊上面有一艘小船，孤零零的，给人一种孤寂的伤感。

诊所的墙面七彩斑斓，我粗略数了数，大概用了七种颜色。等我兜兜转转走过两三条走廊，进入一个充满科技感的房间后，颜色变成了天蓝色，在天蓝色中站着一个穿着白袍的美男子。

没错，我看到的是一个美男医生，他模特一样的身材把白袍穿成了时装。他有一双细长的黑色眼睛，右眼角边竟然有一个很小的、月亮似的胎记，乍一看还以为是一颗痣。

眼波流转间，美男医生对着我笑了起来。

“欢迎光临！”

他竟然对着我眨了眨眼，像是早就知道我会来一样。

“我先声明啊……”我咽了咽口水，看了看周围那看似高端的人工智能仪器，总有一种闯进了奇怪世界的想法，“我只是看外面那个打工的男生很辛苦，才答应他进来看一看，也就是说我是来观光的，你不要忽悠我买什么药之类的，或者说我有什么不治之症，我可不会上当……”

“尊敬的客人，您怎么可以把我跟外面那种无良医生相提并论呢？”

美男医生假装伤心地捂了一下胸口后，又对着我眨了眨眼，打了一个响指："好了，我也不废话了。现在请允许我给你介绍一下本诊所最新研制成功的产品——定制专属完美伙伴。也就是说我们可以按照你的想象、你的理想，帮你专门复制出一个属于你的完美伙伴。他会拥有完美的外貌、完美的性格，最重要的是他永远都不会骗你。他可以变成你最好的朋友、最好的恋人、最好的……"

"停！"我适时打断了说得天花乱坠的美男医生，揉了揉太阳穴问道，"你的意思是，你要卖的产品是一个人？"

"准确地说，是一个高科技复制人。"

美男医生纠正我。

"你肯定是在跟我开玩笑，可是这一点也不好笑。"

我抽了抽嘴角。

我就知道这家看起来神神秘秘的诊所有古怪，现在看来这医生也神经兮兮的。可惜了一个好好的美男，没想到精神竟然有问题。

"我就知道你不会相信我。"美男医生耸了耸肩膀，对着我无奈地笑了笑，从抽屉里拿出一份合同丢到我面前，"人嘛，梦想总是要有的，你怎么知道不能实现呢？"

"我的梦想可不是买一个复制人回去。"

我低头看了看那份足足有十多页的合同，越发觉得这个医生不正常，便对着他挥了挥手："再也不见。"

"你不能走！"

美男医生急了，把刚才的风度都丢到一边，拉住了我的手。

我瞪了他一眼，示意他将手拿开。

“如果我猜得没错的话，你今天一定过得很不如意，你的心里难道没有一个做梦都会想到的人吗？”

美男医生尴尬地收回手去，突然慢条斯理地说道。

他的话一下子就击中了我的内心。说真的，刚才他说可以复制出一个完美伙伴的时候，我的确有那么一点点动心，因为我想到了安楠学长。如果真的可以复制出安楠学长那样完美的人……

我在想什么呢？

这听起来像是人口买卖的勾当，却被美男医生赋予了那么美好的定义，而他一直在诱惑我，他就像是伊甸园里诱惑夏娃和亚当犯下原罪的那条蛇！

“我可是很穷的，没有钱买你的产品……”

我只剩下最后一招——哭穷。再说我也真是没有钱的穷学生而已，打工赚的钱刚好够我的生活费，一分多余的都没有！

“不用钱，不用一分钱！”美男医生美目顾盼，一副风流倜傥的模样，对着我潇洒地挥了挥手，“我看起来是那种死要钱的人吗？这是我们诊所最新研制的产品，所以第一期优惠大酬宾，你只要在使用之后给我们作出反馈就可以了！”

“真的吗？”

我怀疑地看着他。

“当然是真的。你没有听说过吗，很多公司在推出新产品的时候，都会先推出试用品……”

美男医生跟我解释。

我想了想，他说的也没错，就像现在很多酒店有试睡员一样，产品也有试用品，花很少的钱或者不花钱就能使用。

而且，我想到了安楠学长，如果能复制出一个跟他一样完美的伙伴，我是不是就不用每天都想着他了……

想到这里，我的脸跟着发起热来。

再说，反正不用钱，我也没有什么损失，试一试也无妨。

“那合同怎么签？”

“你可以先从头到尾看一看，再在最后面签上你的名字就好了。”

美男医生翻到合同最后一页，指了指签名处。

因为美男医生的恳切，加上觉得这个很可能只是玩笑，我也就没在意，随随便便地看了一下试用品合同就签了字，还填了订购单。

美男医生看了看我填完的单子，又确定了一遍合同上的签名，对着我露出了一个意味深长的笑容，然后指了指他身边的一张椅子，说：“好了，你现在坐到这上面来，我们可以开始了。”

我按照他说的，坐到那张椅子上。

然后美男医生将一个像帽子一样的头盔戴到了我的头上，说道：“现在你可以在你的脑海里想象你心目中最完美的定制伙伴是什么样子，你想要的外貌、性格、说话的声音……”

美男医生的话充满魔力，我想着想着竟然不由自主地犯起困来，迷迷糊糊地睡了过去。

在梦里面，我仿佛身处无垠的夜空。我不停地走着，看到了最美的天鹅座流星雨，又遇到了像宝石一样闪着蓝色光芒的星球，不，那更像是一双眼睛，那双眼睛剔透清亮，比夜空中的星星还要美丽……

可是，那颗星球周围突然开始变成黑色，渐渐地，蓝色的光芒被黑色占据，那闪亮的天鹅座仿佛被黑洞吸了进去，我也被一股力量拖着往下沉。

2

“啊——”

我惊叫着坐起来，却发现自己躺在公寓的房间里，什么诊所、什么美男医生都消失得无影无踪。

“原来我只是做了一个梦啊！”

我揉着疼痛的太阳穴，从床上爬起来，迷迷糊糊地朝客厅走去。

就在这时，手机铃声响了起来。

我看了看手机屏幕上陌生的电话号码，也没有想太多，就接了起来。

那边马上传来一个悦耳的男声：“亲爱的顾糖心顾客，您在我们诊所定制的完美伙伴已经给您送货上门了，质量三包，包君满意，不满意的话欢迎您随时打电话投诉。我们对我们的产品有百分之百的信心，所以货物一旦售出，不予退换。谢谢您的支持，祝您有个愉快的体验。”

对方的语速很快，并且在说完后就挂掉了电话，连反应的时间都没有留给我。

等明白过来他说了什么，我一下子就被吓得清醒了。

定制完美伙伴！

我之前进了那家诊所，遇到了那个美男医生，签了一份不知所云的合同，又坐在那张椅子上冥想了半天，并不是我的梦境，而是我的真实经历吗？

开什么玩笑啊，怎么可能是真的？

我拿着手机拍打脑袋，想让自己更清醒一些，这时门铃响了起来。

“叮咚——”

我的心脏跟着收缩了一下。

如同惊弓之鸟的我小心地打开门，却在看到门口站着的美少年后，完全丧失了语言能力。

少年上身穿着白色的衬衣，衬衣的领口微微敞开，露出白皙的肌肤和精致的锁骨。他逆着光站在那里，走廊晕黄的灯光照射下来，在他金色的头发上跳跃闪耀。少年的五官似上帝亲手雕刻的作品，没有一处不是完美的，尤其是那双蓝色的眼眸，深邃清澈，看着我的时候，里面像是有银河流淌，繁星点缀。

不过，这双眼睛怎么那么熟悉，我好像在哪里看过？

我还没来得及细想，少年就开口了，他的声音低沉悦耳，像是微风拂过静谧的湖泊：“主人，你好，从今天开始我就是属于你一个人的了，你可以随便使用我。这是我的使用说明书。”

说完，他递给我一本黄色外壳的小册子，那本小册子上写着大大的五个字——使用说明书！

我颤抖着手接过来，翻都没翻一下，只是盯着少年：“你，你该不会真的是复制人吧？这不可能是真的！”

“主人，你已经签订合同，我也是由你的想象复制而来的，你不用怀疑，我会成为你人生中的完美伙伴。”

说着，少年朝我走了过来。

我吓得直往后退，他就跟着我的步伐一步步走进了屋内。

他环顾了四周一圈，似乎在熟悉环境，然后对着我露出一个灿烂的笑容：“以后我就跟主人一起生活了。如果你看不懂使用说明书也没有关系，因为我是完全拥有人类智慧的复制人，我脑袋里植入了自动式芯片，所以我可以根据主人的需要自动切换模式……”

“还有模，模式？”

我的心一颤。

那是什么啊？

“是的，我会根据主人的情绪变化和主人的需求改变完美伙伴的模式，比如治愈模式、搞笑模式、学霸模式、毒舌模式、霸道模式、危险模式……”

少年眨了眨深蓝色的眼睛，掰着指头跟我解释。

危险模式？那又是什么鬼东西？

不过少年没有注意到我的表情，仍然一项项数着自己的功能模式，还详细说给我听，那股执着劲倒是吸引了我。

我没有直接把他轰出家门，而是耐心地听他说完之后，指了指门外：“那我现在可以提一个要求吗？”

“不管是什么要求，我都会做到的！”

少年对着我笑，笑容让暗淡的房间瞬间亮了起来。

我有一瞬间的失神，但马上就回过神来，指了指门外，笑着对他命令道：“现在，立刻给我出去！”

可是，少年站在那里没有动。

他的眉头皱了皱，脸上神色不明，我感觉周围的空气也跟着变得紧张起来。然后少年的唇角勾起一抹笑，魅惑人心：“主人，我已经告诉过你，我是目前世界上最智能的复制人，我比你们人类更懂得人心。我知道你想赶我走……但完美的伙伴是不会像机器人一样那么草率地去执行命令的，所以我不会出去，我会一刻也不离开你身边，努力让你认可我……”

“你不出去，我出去！”

我被他一番话说得恼羞成怒，摔门就出去了。

什么复制人嘛，比妖精还要精明，反正我也饿了，出去买个早餐也好。

我出门之后才发现自己忘带钱包了。好在我掏了掏裤兜，里面还有几块钱，买份包子和豆浆没问题。可是为什么天色看起来这么暗，该不会是要下雨了吧？

不过，我渐渐地发现，不是天很暗，而是现在压根不是早上，而是傍晚！

也不知道昨天那个黑心的骗子医生对我做了什么，竟然让我迷迷糊糊地睡了整整一天一夜，起来的时候还把手机上的8PM看成了8AM，所以我才一直以为现在是早上，只是天气不怎么好。

“主人，你忘记带钱包了。”

一只大手伸到我面前，我顿时就怒了。

我夺过钱包，忽地转过身，瞪着不知什么时候跟上来的少年：“我有两样东西最讨厌别人碰，一个是我的钱，另一个就是我的手……”

我的话还没有说完，就发现自己的手被人握住了。少年对着我露齿一笑：“主人，我现在已经切换到完美伙伴的保护模式。你放心，我绝对不会让别人碰你的钱和你的手的！”

说完，他把脸上的笑容收敛起来，换上一副保镖般不苟言笑的样子。

“你也不可以！”

我气得要甩开他的手，但他的手好像有磁力一般，紧紧地握住我的手，我抽了半天都没有抽出来，真想用脚去踹他一下。

就在这个时候，偏偏出现了意外。

爸爸送我来长奈学院的时候，听说同事家有一间小公寓位于这里，也没有租给其他人，就以低廉的价格租了这间离长奈学院大概六七个公交站的公寓。但住进来之后我发现这周围什么人都有，特别是晚上的时候不太平，总有几个小混混聚集在一条胡同里，所以平时我都是避开走的。

他们见我总是避开，也没有想要来找我麻烦，但是今天我竟然闯进了这条胡同。

“咦，这不是住在附近的那个小丫头吗？平时见到我们就跑，今天怎么特意往哥哥们这边走啊？”

一个梳着背头，还抹了发蜡的小混混搭讪道。

“离哥，你没看到她正跟男朋友吵架嘛，小小年纪脾气好像很大哦。”

跟在他旁边的一个耳朵边长痣的小混混突然走向我，还不屑地看了少年一眼：“你这小男友，我看着也不怎么好，要不跟哥哥们一起？我们离哥就不错，看他那眼神就知道对你有兴趣……”

“沙子，你这话说的！”离哥拍了一下叫沙子的小混混的肩膀，笑得十分猥琐，“你这话真是说到哥哥心坎上了，我可是喜欢这小丫头很久了……”

他说着说着，竟然走上前来要拉我的手：“你不肯让这小子拉你的小手，哥哥来拉一拉怎么样？”

眼看着他就要拉住我的手，我往后退了一步，直犯恶心。

不过，这群小混混哪是那么好打发的，见我往后退，离哥不但没有收手，还笑得更加猖狂猥琐。

“别害羞嘛！”

离哥越发笑得放肆。

可是，他还没来得及伸过手来，就被人猛地一脚踹到了对面的墙壁上。

我惊讶地看向出手的少年，只见他顷刻间像是换了一个人一样，那深蓝色的眼眸里流露出的冷意，让我在这个温暖的夜晚，像是坠入了冰窟一般。

他那之前还让我觉得像春天般温煦的脸庞，随着他紧皱的眉头还有紧抿的嘴角，一下子变得陌生又恐怖。

我吓了一大跳，因为他突然的改变而手足无措，站在原地发呆。

同样被吓到的还有那群小混混，他们还没来得及反抗就被少年一个个打倒，躺在地上爬不起来。

少年踢了踢瘫软在墙边，鼻青脸肿的离哥，突然朝我看过来，刚才眼睛里的那些恐怖的冷意全都消失不见，而是露出询问的目光：“主人，你说，他们这样是不是因为书读得太少，缺乏教育造成的？”

“啊？”

话题转得有点快，我跟不上节奏。

“人类缺乏教育的话，素质不就会变低，道德也会变差？所以他们才会成为人类里最下等的小混混，比那些罪犯还要低级。”

少年像是在背教科书一般地说道。

“罪犯也是最低级的人类。”

我赶紧纠正了他错误的认识。

等反应过来，我才猛地一拍头：“不是，我跟你说这个干什么！”

“我知道了。”

少年好像得到了什么宝贵的经验，又踢了踢几个小混混，说：“你们听到我主人的话没有，你们不要再做低级的人类了，而是应该去多读一点书，得到更好的教育，提高自己的素质，不然你们就会变成最低级的人类——罪犯！”

几个小混混疼得直叫唤，一两个害怕的竟然还点了点头。

我抚着额头，觉得还是赶紧带少年离开的好。

“我们赶快走吧，等下打个电话让警察来送他们去医院。”

我看着几个受伤的小混混，对他们产生了同情，我没有想到这个复制人少年竟然会那么厉害，难道他还拥有功夫模式？

3

看在少年救了我的分上，我勉强收留了他。我想就算留着他没有其他用处，至少万一哪天那群小混混再来找麻烦，他还能保护我。

但只是过了几天，我就开始后悔了。

小混混倒是没有来找麻烦，这个复制人少年却给我找了不少麻烦，他跟我当初填单子的时候那个骗子医生介绍的完全是两回事。

不论我如何按照说明书发出命令，他都坚持叫我主人（所以，说明书存在的意义到底是什么呢？），还经常做出一些不合常理的事情来，比如说喜爱逛商场和超市，盯着一顶丑得出奇却贵得要死的帽子，一定要买；比如说把市场里的鱼捞出来之后，想要放生，还给卖鱼的大叔讲美人鱼的故事；比如说特别爱好看偶像剧，还喜欢模仿里面的人物，有一次还模仿了一个大妈，跑去拉着大叔唠嗑，结果大叔把他当成了精神病人……

可每当我想要退货的时候，他就会跟我说他可以切换到其他模式，而每次切换的模式一个比一个更让我抓狂。

“我回来了。”

这些天趁着放假，我都在打工。

因为放假期间便利店生意很好，老板愿意多给时薪，所以我就每天多工作几个小时，顺便躲开复制人少年。

“主人，我跟着电视教程做的紫苏黄瓜、蛤蜊鸡蛋羹，还有你最喜欢吃的孜然牛肉，你尝一尝……”

一进门我就闻到了饭香味，不由得吸了吸鼻子。

“好香啊。”

我由衷地称赞道。

少年穿着围兜，站在饭桌边，乖巧地看着我笑：“这是我第一次听到主人夸奖我呢，我好高兴。”

我也笑了，这厨神模式早就该开启了，可比其他模式好多了。

我把手里从便利店带回来的盒饭丢到一边，坐在桌边，捧起碗，夹了菜就大口地往嘴里送，毫无形象可言。

“呸，这都是什么啊！”

才嚼了一下，我就吐了出来。

菜的味道让我几乎找不到词语形容，已经不是难吃的级别了，而是那种我要是吃下去绝对会犯胃炎的级别！

明明从色泽上看那么可口，香味也十分诱人，不然我也不会这么没有防备，被吸引着大口地吃起来！

“不好吃吗？”

少年的眉毛皱了起来，他拿起筷子夹了一口菜塞进嘴里，脸色也跟着难看起来。可是他艰难地吞了下去后，竟然说道：“主人，你不能挑食，我觉得它们还是可以吃的。食物是上天赐予我们的，所以我们不可以浪费……”

“那你吃啊。”

我把盘子推到他面前。

想要坑我，才没有那么容易！

少年犹豫地又夹了一口菜，可是才放进嘴里，他就忍不住朝卫生间跑去。但是，没过一会儿卫生间里面就传来了喊声。

“主人，这里有喷泉，你快来看！”

我心想不好，冲进了卫生间，就看到那个傻子对着被他拧坏的水龙头傻笑，身上都被淋湿了。

“你不要给我装傻，水龙头是你弄坏的吧。”

我才不会上他的当呢。

少年见我对着他凶，马上露出一副委屈的模样说：“对不起，主人，我稍微一用力它就坏了。”

看他全身湿漉漉的样子，我也不好再发脾气，而且最主要的是要赶在修理店大叔关门前叫他上来看一看。

“算了，跟你没关系，这间公寓里的东西本来就很旧了，很容易坏。”

我揉了揉疼痛的太阳穴，拿出手机给楼下修理店的大叔打电话，叫他上来帮忙修理。

很快大叔就上楼来修好了水龙头。

他不止修理好了水龙头，还带了工具将公寓里其他的电器零件都换成了新的，好像是有备而来似的。

“大叔，你这是干什么？我可没那么多钱。”

我连忙说道。

“已经有人付……”大叔说到一半就捂住了嘴，对着我笑了笑，“丫头你不要急，大叔我也是刚好趁便宜批发了一批零件，这些都是公司附赠的，上次来你家看了这些东西，都旧得不行，所以这次就顺便帮你换了，免得出危险。再说你一个小丫头独自住在这里大叔也不放心啊！”

听了大叔的话，我先是一愣，接着不由得感动起来，对着大叔连连道谢，鼻子也有点酸酸的。

没想到平时看着很冷淡的大叔会是这么热心的一个人。

大叔走后，少年站在客厅里，用怯怯的眼神看着我：“主人，你现在不生气了吧？全都换成了新的……”

“嗯，你赶快把衣服换了，我去给你拿干净衣服。”

我暂时不想看到他，不然我怕自己会朝他发火。

可是，我刚转过身要去卧室，就听见少年用小小的声音说：“你可不可以让他上来，把电视机也换成新的？我刚才想要把里面那只快要被车撞到的可怜小猫救出来，不小心把电视机推到地上摔坏了……”

我的脚步一顿，火焰从心头燃烧起来："你给我滚出去——"

折腾了一晚上后，我再也忍不住了。我一定要去找那个无良的骗子医生，把这个劣质的复制人退掉！

可是第二天，我拖着少年来到诊所的时候，却发现诊所的门紧闭着，原本在门口揽客的"肥天鹅"也不见了，就连诊所挂的牌子也换成了照相馆的牌子。

"无良医生竟然跑路了！"

我跺着脚，气愤地拍了拍门。

"这位拍门的同学，你也是来找那个骗子算账的吗？"

一个软糯的娃娃音在我耳边响起。

我转过头，看到了一个留着长发有着琥珀色大眼睛，皮肤跟白瓷一样白皙，像娃娃一般可爱的女生。

女生见我看向她，眼神炙热了起来，她突然伸出手捧住我的脸，左看右看，喊道："我终于见到你了，你比我想象中的还要可爱呢！"

"可，可不可以先放开我？你认识我吗？"

女生的热情吓到了我。

"对不起啊。"听到我的话后，她抱歉地冲我吐了吐舌头，说道，“我太激动了，因为……”

说到这里，她的眼珠子滴溜溜地转了一圈。

“因为我听里面那个骗子说过，有个跟我一样可爱的少女也定做了完美伙伴，所以我就很想见见你。”

女生指了指诊所的门，解开了我的疑惑。

“原来是这样啊。”

我点了点头。

“啊，我忘了跟你做自我介绍！”

女生突然露出懊恼的表情，对着我伸出白嫩纤细的手，说道：“我叫诺言言，跟你一样是受害者。既然同病相怜，我们以后可以做朋友吗？”

咦？我怎么感觉她说到“受害者”的时候，语气那么轻松、那么高兴啊？

诺言言，这个名字怎么那么熟悉……我好像在哪里听过，一下子却想不起来。

“你叫我言言就好了！”诺言言熟络地说道，对着我甜甜地笑着，“你一定在网上看到过我的名字……”

“哦，你就是那个叫……”

其实我也只是想起了一点点，似乎有几次在微博头条看到过她的名字，她好像是一个很大的国际集团的千金。那个集团叫什么来着？

“没错，我就是那个动不动就上头条，被媒体说成天上有地下无的天才音乐美少女诺言言，我还有一个头衔就是诺曼集团的千金……”

诺言言拍了拍胸脯，自豪地介绍着自己。

我感觉自己额头上流下了一滴冷汗，哪有人这样自我介绍的，好像生怕我不知道她是谁似的。但是也不知道为什么，要是别人这样说，我一定对那个人没有好感，觉得对方是一个自大又无知的富二代，诺言言却给我不一样的感觉。因为她是发自内心地为自己的身份自豪，没有矫情和虚伪，还透着一分可爱。

“这个就是你收到的产品吗？”

见我没有说话，言言马上把注意力放到了我身边的少年身上。

我感觉到她看到少年时眼睛都亮了起来，坦荡地露出倾慕的眼神。

不过，我总觉得这眼神里，还有一分莫名的敬爱。

“原来他去了你那里啊！”突然，言言郁闷地噘起嘴巴说道，“明明我当时想象的完美伙伴的脸是他这样的，为什么那个骗子把他送到你那里去了呢？”

“你是说，你当初想要复制的完美伙伴是这样的？”

我指了指少年，摸了摸下巴，打起了主意。

可是，少年在我还没来得及把自己的想法跟言言说的时候，就拉下了脸，对着言言冷冷地说道：“我的主人只有她，你别来凑热闹。”

言言好像被他吓到了，往我这边靠了靠。

一个可爱的少女这么楚楚可怜的，让我一下子就生出了保护的欲望，我怒视着少年，喊道：“喂，你这是什么口气，不准这么跟我朋友说话！”

“没，没关系。”言言对着我甜甜地笑道，“你刚刚是在说我是你的朋友吗？”

我愣了一下。

刚才脱口而出，我自己都没意识到，但看到言言期待的目光，我只能对着她点了点头。

而且我感觉到，我和她可能真的会成为很好的朋友。

言言看到我点头，激动得不能自已，猛地抱住我，对着我的脸亲了一口，但是马上就放开了我。因为站在我身边的少年的目光几乎把她射穿。

她害怕地躲到了我的身后，拉了拉我的衣袖说：“我看他也挺可怜的，因为我们自私的想法，一个人孤独地来到这个世界上。按照南宫月——就是那个骗子医生说的，他们是为了我们而存在的，如果我们不要他们了，他们就等于被遗弃了，就像那些无家可归的孤儿一样。既然骗子逃走了，你就收留他吧……”

言言的一番话让我陷入了沉思。

我一直都嫌少年不像当初骗子医生说的那样完美，但是仔细想一想，我有什么资格嫌弃他呢？就像言言说的那样，他孤单地来到这个世界，如果我们不要他，他等于被我们抛弃，成了无家可归的孤儿……

“可是，他没有身份，还是个黑户，万一被人发现……”

我纠结地皱起眉头。

“你说的这个问题，我倒是可以帮你解决。”

言言朝少年的方向看去，跟少年对视了一眼后，对着我眨了眨眼：“如果有人问起来，你就叫他诺千熙好了。”

“诺千熙？”

“诺千熙是我哥哥的名字，他现在不在国内，你的完美伙伴可以先用他的名字。”言言大方地说道。

“怎么可以……”我有些犹豫，毕竟言言身份特殊。再看看后面那躲躲闪闪跟着她的保镖，我总觉得用了她哥哥的名字会惹出什么事端来。

“主人，我喜欢这个名字。”在我犹豫的时候，一直对言言没有好脸色的少年却似乎很高兴，他欣喜地接受了这个名字，拉着我的手说：“以后我就有名字了——诺千熙。”

“我不是说过我最讨厌别人拉我的手了吗？”

我拍开他的手。

“那她为什么可以？”

诺千熙指向言言，嫉妒地说。

“因为她拉的是我的手臂……”我的话还没有说完，言言拉着我手臂的手就握住了我的手，跟我十指交叉，她还晃了晃我的手。

“糖心，以后我们就是最好的朋友啦！”说着她拉着我，蹦蹦跳跳地往前面跑去：“你们家的电视机是不是坏了，我带你去买一台新的……”

我什么时候告诉过她我家的电视机坏了？

虽然我不能跟上言言跳跃的思维，但她的活泼感染了我，我和她很快就进入了一种好像认识了很多年的闺密状态。

当时我就在想，很多年后，我一定会感谢今天，让我和言言神奇地相遇，因为据说两个人能成为朋友，那是修了几千几万年的缘分。

我跟言言无话不说，像是采到最甜蜂蜜的小蜜蜂，而诺千熙就像是跟在我们身后的幽灵，头上还飘着无数朵乌云，就差下起雨来了。不过想到这么多天他对我的折磨，我觉得偶尔让他也感受一下这种心情是很有必要的……

第二章 宝宝心里苦

CYGNUS DEEP WHITE YEARS

02

1

清晨的阳光从打开的门外洒进来，让狭窄的客厅一下子鲜活起来。美好的一天就要开始了，我想如果没有眼前这个讨厌的家伙的话，一切会更美好。

“主人，你要抛弃我去哪里？你要对我始乱终弃吗？”

昨天刚刚拥有新名字的诺千熙，此时像一只大型犬类动物一样趴在门上，使劲地握着我的手，生怕我走掉。

我竖着眉，想要把他推开，可惜我的力气太小。

我翻了一个大大的白眼后，说道：“不要乱用词语好吗？你的身体里面难道就没有输入正确的词语使用方法吗？”

“主人你指的是学霸模式吗？我可以尝试开启。”

他换上一副跃跃欲试的模样。

“谁跟你说这个！”

我恼火地瞪了他一眼，也不知道他是不是故意的，另一只手十分自然地搂在我的腰上。

但我不能生气，谁让他只是一个智力低下的定制伙伴。

“你跟我进来。”我深吸了一口气，走回客厅，指了指沙发，“坐下。”

“为什么？我们不是要去上学吗？”

他疑惑地看着我。

“不是我们，是我。”

我大声地纠正道，然后就看见诺千熙露出了一副“你果然要抛弃我”的眼神。

我赶紧抢在他前头说道：“不要问为什么，你不是叫我主人吗，我说的话你都要听，不然……我就把你丢掉！”

诺千熙听了之后，眼神闪了闪。

这一次他并没有反抗，而是很听话地坐了下去，还把手端端正正地放在膝盖上，然后抬起头来看着我：“主人，我这么听话，你不会丢下我了吧？”

他那种可怜兮兮的语气顿时让我产生了罪恶感。

不过我可不是那种会心软的人，要不是我莫名其妙地进了那家黑诊所，就不会摊上这么一个难缠的家伙，要是我真的带他去学校那还了得，就凭他一直主人主人地乱叫，学校肯定会传出许多关于我的谣言……

又看了一眼他的脸，我更加坚定了自己的想法，就他那张随时能吸引一大片迷妹的脸，说好听点叫美男，说难听点就叫祸害。

带他去学校？

做梦！

“对，如果你听话，我就不会丢下你。”

我语气生硬地回答他。

不过，我转念想了想，说起来他这么没有安全感，该不会是因为前几天我嚷着要把他退掉吧？

想到这里，我的语气软了下来：“诺千熙小朋友，如果你能老老实实地待在家里，不捣乱，等我放学回来，我就给你买好吃的，带你出去遛弯，给你买前几天你想要的那顶丑得出奇的帽子，怎么样？”

幼稚园小朋友是这么哄的吧？

“真的吗？”诺千熙眨了眨蓝色的眼睛，也不知道是不是真的把我的话听进去了，竟然对着我点了点头，“好的，主人。”

他怎么突然这么好说话了？

我狐疑地扫了他几眼，可他的眼睛里一片真诚，看不出任何其他想法。

“那我帮你把电视打开，给你看你喜欢的偶像剧。”说着我拿起遥控器，按了播放键，又指了指冰箱说，“里面还有一些肉和蔬菜，中午你自己做饭吃哦。”

“好的，主人。”

交待完所有的事，看到诺千熙的目光已经被电视吸引后，我才放下心来，轻手轻脚地走了出去。

我站在门口，拿出钥匙转了一圈，从外面把门锁上了。

这样应该万无一失了吧？让他一个人待在屋子里，应该也翻不出什么大浪来。

安顿好诺千熙，我一看时间，赶紧往学校跑去。幸运的是，我赶上了最后一班校车。

“呼呼——”

我喘着气，抚着胸口，环视了校车一圈。

安……安楠？

最后一排靠窗的那个座位上，安楠正闭着眼睛靠在那里，书包歪斜地放在身边。校车经过一片林荫，阳光跳跃着一点点落在他的身上，这样静谧安详的画面却让我的心悸动得厉害。

但是，经过那天的误会以后，他肯定很讨厌我吧……

我拉了拉书包带，低着头往车厢里面走。

安楠的前面坐了好几个女生，她们频频回头，交头接耳，花痴地小声议论着，话题都是围绕着安楠的，而他仿佛毫无察觉，闭着眼睛没有任何反应。

他永远都那么有人气。

我想了想，走到他的身边，小声地说道：“同学，可不可以把书包拿开，我想坐在这里。”

尽管我的语气很镇定，但其实心里在打鼓。

周围的女生们没想到我会这么大胆，都直直地盯着我，有一个女生在朝我瞪眼睛，显然对我打扰安楠睡觉的行为很生气。

安楠听到我的声音后，睫毛颤动了一下，睁开了眼睛，朝我看过来。

“书包可以拿一下吗？”

我紧张得手在发抖。

不能错过这次机会，我要跟他解释清楚误会，就像我前几天看的那本书上写的一样，面对问题才能解决问题……

等了好久安楠才开口问道：“你要坐这里？”

“啊？”

难道我表达得不够清楚？

还是，他的意思是，他不欢迎我坐在这里？

我慌乱地看了他一眼，刚刚还坚定的信念被击得粉碎。我眼神飘忽，结结巴巴地说：“我……知道上次我那样对你……你心里厌恶我也是应该的……如果你不同意我坐这里，那我就站着好了，反正也没几站……”

我转身就要走，却被安楠喊住了："没有，我不是那个意思，我以为你不想坐这里，你对我不是……"

我转过头。

他想说的是什么？

可是，安楠没有再说下去，而是快速把书包拿起来，指了指座位说："对不起，你坐过来吧。"

我愣了一下后，马上走了过去，生怕他反悔。

然而我没有想到的是，我才坐下去，他就拿着书包往车门走去："你坐这里，该下车的是我。"

他走得很快，我还没来得及反应，就看到他已经下了车。

前面的几个女生马上就发出了幸灾乐祸的笑声，刚才那个瞪着我的女生笑着说道："我想起来了，她就是传说中二年级的那个倒霉女啊，朝安楠泼了一脸的豆浆不算，还把他的衣服撕烂了，让他在大庭广众之下难堪。她还敢厚着脸皮坐在他身边，这下丢脸了吧。"

"就是就是，也不看看她那一脸晦气的样子，还想追安楠。"

……

我低着头，心里满是失落。

她们的嘲笑并没有让我难过，我难过的是安楠好像真的很讨厌我，讨厌到连跟我坐在一起都受不了。

怎么办？我到底要怎么做才能让安楠喜欢我？

“不管主人做什么我都喜欢！”

脑海里突然响起一个声音，紧接着一张完美无瑕的脸浮现在我眼前，那双蓝色的眸子像是闪烁的星星，里面只有我一个人的身影。

我怎么会想起诺千熙来？

走开！

我用力将脑海里的那张脸赶出去，才发现校车已经到达终点。

校车大叔正满脸不耐烦地看着我，催促道：“那位同学，就剩你一个人了，快点下车。”

“对不起，我马上下车。”

我连忙一边道歉，一边下了车。

一下车我就看到很多学生正匆忙地往教室里赶，我又想到刚才安楠在中途下了车，他不会迟到吧？

唉，他宁愿迟到，也不愿意跟我搭同一辆车。

想到这里，我的心情更糟糕了。

糟糕的心情在我看到站在走廊里对着我微笑的诺千熙时达到了极致，我几乎想要拔腿逃跑。

天啊！他怎么在这里？

我确定我已经把门锁上了，他是会穿墙术，还是把门砸坏了，抑或是会瞬间移动这种超能力？

他身边围着的那一群对着他献殷勤的女生又是怎么回事？

我的耳边响起了警报声。

如果这个时候他朝着我说出什么不得了的话，我在这个学校还怎么混下去？所以现在我最好还是快点逃跑！

我捂住脸，脑袋里有几千个念头在转。

我刚要转身逃走，诺千熙已经朝我飞快地走过来，还大声喊道："主人，你要去哪里？你的教室不是305吗？"

他的那一声"主人"，让走廊上的人都看向了我，那些打量的目光，让我恨不得自己消失才好。

"说了多少遍了，在外面不要叫我主人！"

我咬牙切齿地说。

"好的，主人！"

诺千熙毫不犹豫地点头。

"你……"

我气得一口气喘不上来，差点晕过去。

晕过去其实更好，反正比面对我们班那群女生的眼刀要强，估计在她们眼中，我早就死了不止一万次了。

美男当面，还是有人收了眼刀，跟我套起近乎来："糖心，这位同学是新来的吗？他跟你是什么关系啊？他为什么叫你主人呢？

我好像记得你家境没有好到请用人的程度吧……"

说话的是卢芬芳，她的语气里自然地流露出对我的怀疑来。

"他跟我……"

我为难地说着，想要编一个谎话，但是脑袋一片混沌，什么都想不出来。

而诺千熙已经挡在我的前面，冷冷地看着卢芬芳："这位长得像猩猩的女同学，虽然你在微笑，但也掩饰不了你语气里的恶意。我不允许任何人对主人无礼，这是对你的第一次警告，下次你再这样对主人……"

我跳起来捂住了诺千熙的嘴巴，把他拉到我的身后："你给我闭嘴。"

看着"大猩猩"卢芬芳用鼻子哧哧地哼气，一副气得要死的模样，我马上道歉："对不起，你不要跟他计较，他今天出门忘记吃药了。"

"主人，我为什么要吃药？"

诺千熙拉开我的手，天真地看着我。

"闭嘴啊，浑蛋！"

我真想打他！

这样下去不行，我得带他离开这里。

可我还没来得及行动，诺千熙突然露出了恍然大悟的表情：

“是那天你给我吃的那种药吗？为了等我睡着之后，脱我的衣服……”

“砰砰砰——”

我觉得脑海里面的神经全都断裂了。

“哇！”

“哦——”

“原来她是那种人！”

周围的同学发出各种奇怪的声音，投向我的目光变得意味深长。

“你们别听这家伙乱说，我只是给他吃了安眠药，好让他不要再捣乱。他穿的衣服都湿了，我才脱他衣服……”

我想要解释，却越说越乱。

2

就在我挠着头发，快要抓狂的时候，一个可爱活泼的声音插了进来：“哥哥，你怎么在这里？”

“你干吗又跑来跟糖心开玩笑？”诺言言从人群里走过来，像一个天使一样笑着，拉过诺千熙的手，“不要这样啦，糖心真的会生气哦。”

“我认识她，她是诺曼家族的那个大小姐诺言言！”

“诺曼家族？你说的是那个神秘的国际大财团诺曼家族吗？新闻说，诺言言被维也纳音乐学院破格录取，但是她没有去……”

“所以她最后来我们学校了？”

“这都不是重点吧，重点是，她刚刚叫他哥哥。你知道这是什么意思吗？就是说他是诺曼家族那个神秘的继承人——诺千熙！”

“不可能吧！传言说他经常戴着面具！是因为脸上有很恐怖的胎记吗？”

“你都说是传言，谁知道真假？”

……

周围的议论声很大，完全没有顾及两个当事人的感受。

言言的出现吓了我一大跳，我没有想到她会在这么多人面前叫诺千熙哥哥。毕竟之前说让诺千熙用她哥哥的名字，也只是为了应付一些突发情况，让诺千熙不至于成为黑户，被警察带走。

可是现在这样子混淆视听真的没关系吗？

我以前对诺曼家族一知半解，只是偶尔在网上看到或者听别人说过，并没有认真去了解，可这些天跟言言认识之后，我在网上认真地查了资料，才明白诺千熙这个名字代表着什么。

那可是世界有名的财团的继承人。

跟活泼又经常出现在媒体面前的言言不一样，诺千熙神秘又让人畏惧，从来没有媒体曝光过他真实的照片。关于他的传言没有一万也有八千，这么一个人，真的可以使用他的身份吗？

“谢谢你给我解围。”我拉了拉诺言言，小声地在她耳边说，“可是这样说真的没有问题吗？你哥哥不是从来没有曝光过吗？”

“对不起，我突然出现没有吓到你吧？”言言朝我吐了吐舌头，却没有一点歉意，然后又朝我做了一个鬼脸，“没关系，你不也说他没有被曝光过，正好可以拿他的身份来用啊！”

说完，她还特意看了诺千熙一眼，像是讨好般说：“毕竟诺千熙长得这么帅，拿我哥的名字来用，也没有给他丢脸。”

“哦。”

我当然被吓到了，而且还吓得不轻。

尽管我内心犹如有一千头羊驼奔过一般震撼，但我并没有表露出来。我就是一个这么“深藏不露”的人，呵呵。

我慢慢地镇定下来，别有深意的目光在两人身上转了转。

看来我猜测的没有错，诺言言可不只是认识黑心医生那么简单，她这么热心地帮助我，是因为真的喜欢诺千熙？只是随便一想我就想通了，毕竟当初诺千熙是按照她理想中的完美恋人的模样创造出来的嘛！

我了解！

递给诺言言一个眼神之后，我很配合地对诺千熙说：“对啊，诺千熙，你再开玩笑我真的要生气了，不准再叫我主人听到了吗？”

说到后面我几乎咬牙切齿，还给了他好几个警告的眼神。

也不知道是不是看懂了，诺千熙没有再叫我主人，而是换了一副富家公子的淡然表情，淡淡地扫了周围一圈：“你们这些人围在这里干什么？我最不喜欢被人当成动物看来看去了，如果我生气了，后果……”

本来在犯花痴的女生们被他这一眼吓得纷纷打起了冷战，一下子一哄而散，好像生怕诺千熙真的会吃了她们似的。

特别是卢芬芳，离开之前还不死心地朝诺千熙看了一眼，结果诺千熙朝她一皱眉，冷冷的眼神一瞥，把她吓得拔腿就跑。

我站在一边看得一愣一愣的。

没想到这小子还会自动开启霸道少爷模式呢！

不过也好，我刚才还在想该怎么驱散这群看热闹不嫌事大的女生，万一诺千熙不配合，就算有诺言言帮忙，也都是白搭。

骚乱总算完美地解决了，我轻轻地吐了一口气，对诺言言说：“这次多亏了你啊，要不然我真不知道该怎么办……”

“没事，举手之劳嘛。”

诺言言甜甜地一笑，突然机灵地转了转眼珠说：“对了，既然诺千熙现在是我哥哥，身份也有了，不如让他跟我们一起上学吧。”

“什么！”

我淡定不下去了。

这位大小姐也太胡来了吧，诺千熙是一个奇怪的诊所做出来的定制伙伴，严格说起来他都不算人，还是一个失败品，怎么能跟我们一起上学呢！

可我还没来得及反对，诺千熙就走了过来，牵起我的手说：“走吧。”

“去哪里？”

我下意识地问，没发现诺千熙的不对劲。

“教务处。”

等我们站在教务处的时候，我才注意到一个问题，诺千熙的霸道少爷模式竟然一直没有切换过来。他居然顺杆子往上爬，意图真的跟我一起上学？

这小子是要造反啊！

“贾主任，你听我说，这家伙他……”

眼看着大肚子的贾主任就要打电话给校长报告这个“好消息”，我想也不想就按断了电话。

“你干什么？干什么？”

贾主任对着我怒目而视，那双眯眯眼竟然奇迹般地睁开了。

“对不起，我不应该按断您的电话，但是这家伙……”

“还敢说！”

我的道歉被贾主任打断，他摆出一副威严的样子，批评我道：“什么这家伙，难道老师就是这样教你说话的？”

“我……对不起，但是诺千熙他真的不可以在我们学校上学，他一个复制……我是说，他没有资格进我们学校上学。”

“什么叫没有资格？”

贾主任拍着桌子，对诺千熙投去的眼神充满“爱”意，当然这种爱意都是冲着诺曼家族的名声去的。他谄媚地笑着说：“诺同学可是各个学校都想要招揽的人才，如果我们学校能招收到这样的学生，那是我们的荣幸……”

后面的话不言而喻，靠着诺千熙这块金字招牌，学校不但能获得诺曼家族的资助，最主要的是，名誉会更上一层楼。因为诺言言那个神秘的哥哥可不只是背景惊人而已，据说还是高智商的代表，没有接受过学校教育的他，参加美国SAT考试，成绩优异，已经被好几所常青藤高校录取……

“主任说笑了，能进贵校学习也是我的荣幸。”

诺千熙点了点高贵的头颅，话外的意思再明显不过——你知道是你们的荣幸就好。

我在旁边直翻白眼，可两个人你一句我一句的，我连句话都插不进去。

最后，诺千熙在我们学校上课的事就板上钉钉了。

最不能容忍的是，他跟主任提的唯一的要求就是跟我一个班！

“言言，你快点阻止他们啊！”

我求助现场唯一能帮得上忙的言言。

可是，她好像没有听到我的话，竟然一脸迷醉地看着诺千熙：“我的哥哥太帅了，果然我还是最喜欢他的侧脸……”

我一拍额头。

瞧我这记性，作为诺千熙的第一迷妹，言言当之无愧啊，谁让他是她的理想对象呢？

我还指望她能帮我呢，结果她完全被诺千熙迷住了，估计诺千熙让她做什么她都会愿意！

3

阳光温暖的午后，我懒洋洋地躺在草地上。言言把头靠在我的肩膀上，有一搭没一搭地跟我说着话。

“糖心，你真的不喜欢我哥吗？你不觉得他很帅吗？”

“我觉得他帅啊，但是长得帅跟我喜不喜欢他一点关系都没有。还有，言言，他不是你哥，只是借用了你哥的名字……”

“你知道从哪个角度看我哥最完美吗？右边45度角，他侧脸的线条完美无缺……另外，他洗澡的时候，你可以偷偷看一下他的身材，绝对比米开朗基罗的大卫雕塑更有看头……”

“这你都看过？”我惊讶地推开言言的脑袋，捧着她的脸教育她，“言言，虽然诺千熙是一个复制人，但他也是个男生，你怎么能随便偷看呢……”

“我没有偷看啊，每次跟他一起泡温泉的时候，我都是光明正大地看……”

言言骄傲地抬起头。

“跟他泡温泉？”

我狐疑地看了看言言，只见她像说错话一样躲避着我的目光。

我一把抓住她的胳膊：“好啊，你这个见色忘友的家伙，你带诺千熙去泡温泉却不带我去！”

“我，我下次带你去！”

言言信誓旦旦地说。

她看向我身后，两只眼睛顿时闪闪发亮，摇晃着手臂喊道：“哥，我在这里！”

我转过身，就看到诺千熙正朝我们走过来。

“人靠衣装”这句话一点也没有错，自从诺千熙跟着我们一起上学以后，言言就变着法子给他买各种各样的衣服。以前我哪里有钱给他买这些，都是从网上买的，有时候大小也不合适，但诺千熙本身就是衣架子，穿什么都好看，所以我也没在意……

没有比较就没有伤害，现在看他穿上言言买的衣服后，我才发现只有这样的衣服才配得上他，脑海里竟然不由得浮现出他晚上围着浴巾走来走去的画面……

停！我刚才还在教育言言，现在我自己都在想些什么呢？

“主人，你的脸怎么红了？”

诺千熙把手贴在我的脸上，传来微凉的触感。

我吓得退后了几步，推开他的手，往四周看了看，生怕有人看见：“天气热的。”

“没有发烧吧？”

他的手又朝我的额头伸过来。

这个时候，言言不愿意了，气鼓鼓地拦在我前面：“诺千熙，你又无视我？我到底是不是你妹妹啊？”

“不是。”

诺千熙冷冷地看了她一眼。

“什么，你连妹妹都不认了，我要去爸爸那里告……”她说着说着就停了下来，往我身后躲去。

我一看，诺千熙又随意转换了一种模式，现在他的眼神阴郁又冷漠，像蛇一样盯着言言，似乎在警告她，怪不得言言吓成这个样子。

“诺千熙，你干吗吓言言？”

我挡在言言的前面，握住她的手，对诺千熙喊道：“你给我快点切换到治愈模式，安慰一下她！”

可诺千熙似乎没有听到我的话，反而对着我身后的言言说：“诺小姐，我现在只是借用你哥哥的身份，你最好明白什么话该说，什么话不该说！”

“我知道了，以后我再也不敢了。”

言言小声地回答，手心都在冒汗。

感受到言言的害怕，我对诺千熙这种恐吓行为十分生气，说道：“诺千熙，我再说一次，你要是再不切换模式，从今天开始你就不要跟我回家了！”

诺千熙的眼神一秒就清澈起来，然后他的眼神变得迷茫不已，似乎氤氲着浓浓的雾气：“主人，发生了什么事？我刚才是不是切换到奇怪的模式了？我脑袋里面的芯片好像出了问题，我的一些记忆被删除了，我刚才做了什么让你生气的事吗？”

我吓了一跳，但马上就镇定下来。

原来诺千熙不是不听我的话了，而是脑袋里的芯片出了问题吗？那不就和我们一般人生病了一样？他看起来也很痛苦……

我盯着他看了半天，原本要出口的责备不忍心再说出来了。

“没有，刚才什么都没发生……”我看了他一眼，拍了拍他的手臂说，“你不要担心，跟我说说最近还出现过这样的症状吗？”

“好像就这一次。”

诺千熙想了想才回答我，他一边说一边可怜地走到我身边，还不着痕迹地将言言挤开了。

我看到言言在翻白眼，于是给了她一个安慰的眼神，让她不要跟出故障的定制伙伴计较。

“我才是这个世界上最无辜的人！”

言言跺了跺脚，夸张地喊完之后就迅速逃走了，好像生怕有什么可怕的东西会追上去似的，头也不敢回。

“主人，我是不是生病了？”

诺千熙突然问道。

我没想到他竟然有这种意识，但也没有骗他，而是点了点头：“嗯，可能是吧。”

“那在我死之前，主人可不可以满足我一个愿望？”诺千熙装作虚弱的模样，像言言刚才那样将头歪过来，靠在我的肩膀上。

身高一米八几的他这样弯曲着身体，以任何人看了都觉得怪异的姿势靠着我，引得周围的人纷纷投来奇怪的目光，我顿时尴尬不已。

我推了推他，但他不肯挪动。

“说什么死呢，不就是失去了一点记忆吗？”

我抿了抿嘴，想起昨天晚上跟他一起看的那部电视剧，赶紧说道：“昨天晚上我们看的电视剧里的男主角不是也失去记忆了？他也没有死啊！他不但没有死，以后还会得癌症、撞车，但到最后他都死不了，还能跟女主角在一起呢……”

诺千熙把脑袋从我肩膀上移开，用一种同情的眼神看着我，担心地说道：“主人，其实昨天晚上我就想跟你说了，我在网上看到很多人说，看多了脑残剧就会变脑残。主人你还是少看一点吧。”

我感觉自己的神经细胞在一个个爆炸。

不要拦着我，我要把这个家伙捏碎！

但我内心的小天使在召唤我，让我暂时不要跟诺千熙计较，他是一个出了故障的复制人，我们要用善良的心对待他。

“主人，你不要伤心，我们可以想办法治疗。”

诺千熙安慰地拍了拍我的肩膀，又像是突然想到了什么，用亮晶晶的眼睛看着我，笑着说：“我以前看过一种治疗方法，叫刺激性治疗……”

“你再说，我真的发火了。”

我瞪着他。

“对了，主人，我要跟你说一件事，保证你听了后很受刺激。”

诺千熙嘴角含笑，俯身在我耳边说道："刚才我说脑袋里的芯片出问题失去记忆的话都是假的，我只是不小心切换到恐怖模式了……"

"诺千熙，你这个劣质复制人！"

我忍不住伸出拳头，却打空了，诺千熙早就在说出真相后跑远了。

看到远处朝我挥手的那个人影，我忍不住发出了咆哮："啊啊啊！你今天晚上最好别回家，不然要你好看！"

4

尽管诺千熙每天给我气受，但在别人看来，能认识诺千熙的我简直是走了大运，一时间平凡又普通的我成为了长奈学院的热门人物。

大家都很不明白为什么像诺千熙这样的人竟然会一直缠着平凡的我，我却忍不住想要对着人群大喊"宝宝心里苦"。

诺千熙几乎每天都在给我拉仇恨，动不动就自动切换各种模式。并且最让我不能忍受的是，他竟然三番五次地在安楠面前破坏我本就不佳的形象。

"呼呼，让我喘口气。"

我刚从一群喜欢诺千熙的女生手中脱身，正想休息一会儿，却又看到一个人朝我这边走过来。

我捂住脸，正要躲开，却发现那个人很眼熟。

是安楠学长。他手里捧着一堆书，从小路上走过来。他戴着一副平时不怎么戴的无框眼镜，眉头微微地皱着，似乎在想什么事。阳光在他的发梢间跳跃，又落到他手里的书上。他一个人自成一幅时尚画报，让我的心扑通扑通狂跳起来。

快两年了，安楠学长一点都没有改变，跟我最初见到他时一模一样。我还记得那一天，也是这样的午后，阳光正好，没有晚一点也没有早一点，他像是上天安排好的一样，猛地闯进了我的世界。

当时我刚来到长奈学院，对校园里的一切都很陌生，我漫无目的地在校园里走着，也不知道自己在寻找什么，直到看到安楠学长。他就像现在这样捧着书，戴着一副耳机，朝我迎面走来。他抬起头来正好看到我，就对着我微微一笑。

“同学，你是新生吧？有什么需要我帮忙吗？”

他的声音似乎带着魔力。

还有那个笑容，直到现在想起来，我都会脸红心跳。我想那就是心动的感觉吧。

但这两年来，我们之间什么都没有发生。因为我是一个胆小鬼，我只敢躲在他身后暗恋他，平时连跟他眼神接触都做不到……

其实还不如一直暗恋呢，偏偏我贪心不足蛇吞象，想要跟他告白，后果就是让他讨厌起我来了。

对，他现在一定十分讨厌我，毕竟我让他在大庭广众下出了丑！

我是不是该走开？

可是，我的脚好像生了根似的，完全走不动。

安楠学长似乎往我这边看了过来，这害得我更紧张了，连忙把头低了下来，跟以前一样连他的眼神都不敢接触。

等了很久，我听到脚步声从我身边走过。

他真的无视了我……

我的心情一落千丈，不停地捏着自己的手指，直到传来“啪”的一声响，那分明是书落地的声音。

这么大的声音他都没听到吗？

“安楠学长，你的书掉了……”

我忍不住朝他喊道。

可是我叫了半天，他却没回过头。

我想他可能是戴着耳机，听着音乐，所以没有听见，于是也顾不上那么多了，拿着书追了上去。

如果因此可以跟他说上话……

这么想着，我的心情不由得阴转晴，奔跑的步子都带着风。

“学长——”

就在我要靠近安楠学长的时候，一个人从旁边蹿了出来，一把抱住了我：“主人，我好想你，一个小时没有见你，我就想你想到心里都难受起来。可是那个校长还一直对着我说啊说的，我当时好想切换到战斗模式消灭他哦……”

我手里的书掉在了地上。

我急忙去捡书，可诺千熙大喊一声：“蟑螂！”然后，他在书上面狠狠地踩了一脚，白色的封面马上留下了一个脚印，外加一只死掉的蟑螂。

“你……你放开我！”

我气得去推他。

可不知道他着了什么魔，就是不肯放开我。

偏偏这时安楠转过身来，看到了诺千熙抱着我，脚尖还踏在他书上的一幕。

“安楠学长，对，对不起啊……”

我慌忙道歉。

安楠学长的目光从诺千熙紧紧抱着我的胳膊上扫过，他愣了一下后，走过来捡起了地上的书，说道：“没关系。又不是你的错，为什么道歉？”

他说这话的时候，我竟然有一种他有些不悦的错觉。

我摇了摇脑袋，把这个不切实际的想法赶走，赶紧跟他解释："不是的，我刚才是想把书还给你，可是我没有想到诺千熙会突然冲出来抱住我……"

"哼！主人，我只是在守护你！"

诺千熙在一旁不爽地哼哼。

"你别胡说八道！谁要你守护啊！而且，安楠学长也不会对我……"

我恼火地想把自己的胳膊从诺千熙怀里抽出来，但是他紧抿着嘴，抓着我不放。

安楠学长的脸色更不好了，他淡淡地看了我一眼，打断了我的话："我知道了，你不用特别说明。"

"不是，我不是想要辩解，我……我们真的不是故意的，你不要生气。"

我不想让他又对我产生误会。

可是，我越说安楠学长的脸色好像越糟糕，他面无表情地拿纸巾擦掉了书上的蟑螂。

"原来在你的心中，我是那么容易生气的人吗？"

安楠学长突然问道。

"啊？"

我被这突如其来的问题问得愣了一下，等反应过来的时候，就看到了他深沉的表情，我心里不由得更紧张了，连忙摇头：“不是，安楠学长在我的心中是一个……”

“算了，反正答案我也知道。”

说完他转身就走，走得特别快，好像背后有什么东西在追赶一样。

我的心瞬间凉了。

他是不是连话都懒得跟我多说，生怕我会再做出什么讨厌的事来？

安楠学长走后，我再也忍不住，用力地挣脱开了诺千熙。

“你为什么要弄脏学长的书？”

我气愤地看着他。

可诺千熙一点都没有做错事的歉意，反而一副“我不明白你在说什么”的可怜模样：“主人，你不是最讨厌蟑螂吗？你说它们是最恶心的节肢动物，什么都吃，什么地方都钻，说不定它们哪天会占领地球，所以一旦看到就要无条件地消灭……”

我好像是说过这句话。

这么一来，我就没有生气的理由了。

可是我心里有气就想撒出去：“我不是跟你说不要在学校随便抱我吗，你忘记了吗？”

“那在家里呢？”

诺千熙期待地问。

我无语望天，半天才大声对着他喊道："家里也不可以！宇宙、银河系、地球，任何地方都不可以！"

久而久之，诺千熙不停地刷新着我的下限，我觉得自己都要被逼疯了。而且爸妈汇给我的钱根本不够我们两个人用，我只好重新去找了一份薪水比便利店多的兼职。

也许，人不幸的事情经历多了，自然会遇到幸运的事，没想到我第一天在新的打工地点上班竟然会再次遇到安楠。

说起来我能找到这份兼职，也仿佛是命运的安排。时常光临便利店的一个大叔见我心情不好，就问我是不是遇到什么问题了，我把情况跟他说了之后，他竟然跟我说他的朋友开了一家咖啡店，正好需要几个兼职生，他就介绍了我。

这家咖啡店开在一所有名的大学附近，顾客都是一些固定的学生，有时候也会有参观大学的游客，平时不会很忙碌。

而我没有想到的是，安楠是这家咖啡店的常客。因为安楠的父母是大学教授，家就在学校里面，所以他几乎每天都会来咖啡店点一杯咖啡，然后看书学习。

我已经连续几天遇到安楠了。为了不让他看到我后再也不来咖啡店，导致我连这个唯一近距离接触他的机会都失去，所以每次他来的时候，都会让跟我一起兼职的小冉代替我去给他送咖啡。

然后，我就会躲在远处，肆无忌惮地偷看他。

虽然这种行为很像偷窥狂，但我就是抑制不住自己对他的喜欢，觉得只要能这样看着他就很幸福。

可是，就这么点幸福也很快就打破了。

这天，我照例让小冉帮我给安楠送了咖啡后，躲在一个角落里偷看他，这时一个高挑漂亮的女生出现在我面前。

我认识她，她叫洛方婷，跟安楠学长一个班级，是公认的校花。

她是一个很优秀的女生，辩论赛、文艺表演，好像任何场合都会有她的身影。她是那种女生们见了都会自惭形秽的角色。但她也有一个缺点，就是得理不饶人，只要不合她意的人，她都会去攻击。

此刻的我有一种被她抓了个正着的罪恶感，只想逃跑。

“怎么，被我抓住了你就想要逃跑吗？”她双臂环胸，嘴角向上翘起，用讽刺的口气大声说，“我已经注意你很久了，在学校里面就算了，现在还跟到咖啡店来。你知不知道你这样偷窥别人，可以称得上跟踪狂了？你不跟诺千熙在一起，喜欢上安楠了？我说，你以前针对安楠的那些讨厌的行为，该不会是为了引起他的注意吧？”

安楠听到了她的话，朝我们这边看了过来。

我的脸像是烧热的铁块，火辣火辣的。我慢慢地低下头去，好想求洛方婷不要再说下去了。

“顾糖心，你喜欢我？”

安楠震惊的声音传到我耳朵里，我的心咯噔了一下。

在我做了那么多他讨厌的事情后，他知道我喜欢他是不是会觉得很恶心？他是不是想当着大家的面拒绝我，给我难堪？

“她不喜欢你！”

我还没回答，破坏者诺千熙就出现了。

不知道为什么，这一刻我竟然有点庆幸他的出现。

我抬起头，求救似的朝诺千熙看去。

带我走！

我用眼神示意他。

就在我以为诺千熙读懂了我的眼神时，他却朝我走了过来，捧住我的脸对着我的嘴唇亲了下来。

在我完全没有反应过来，甚至连眼睛都没眨一下的瞬间，他就结束了这个短暂的亲吻，用一种霸道的语气说：“她喜欢的人是我，只能是我！”

说完他霸道地拉着我，伴着小冉“好帅”的尖叫声，带着僵硬得像木头人一般的我走出了咖啡店。

迷糊间，我听到他在我耳边解释："主人，没有办法呢，你的眼神太孤独了，所以我就开启了安慰模式，给你需要的爱的亲亲。"

等我终于回过神来，才猛地想到，他开启的分明是霸道模式，鬼才会相信什么安慰模式的谎话！

第三章 开启黑化模式

CYGNUS
DEEP WHITE
YEARS

03

1

我抱着轻松熊玩偶，躺在床上辗转反侧，眼睛盯着天花板就是不敢闭上。因为一闭上眼睛，脑海里就会浮现出今天在咖啡店里的画面。

诺千熙竟然当着安楠的面吻了我！

啊啊啊，我一想到安楠学长那时候震惊的脸，心里的羞愤情绪就越来越浓。

“啊——大坏蛋！”

我摸了摸嘴唇，尖叫着从床上坐了起来。

门很快被人推开，一道身影急匆匆地跑了进来：“糖糖，你没事吧，有坏蛋吗？”

头顶的日光灯亮了起来，诺千熙皱着眉头焦急地看向我，眼神里的担忧被我看得清清楚楚。

突然，他的脸颊染上了一层绯红。

我顺着他的目光低头一看，自己的睡衣斜斜地搭在身上，白嫩的右肩露在外面，我赶紧将睡衣拉起来。

“那个坏蛋就是你啊！”我瞪了他一眼，顺手拿起枕头朝他丢过去，“跟你说过多少次了，不要随便进我房间，你这个流氓！”

难得的是诺千熙这次并没有反驳，他乖乖地转过身去，声音里还有几分尴尬：“我……我下次不会了，你快睡吧。”

“咦，你不会又转换模式了吧？”我看到他这样反而好奇起来，好笑地问道，“你现在该不会是小白兔乖乖模式吧？我喜欢这个，你别换了啊！”

“什……什么小白兔乖乖模式，怎么可能有这种？”

诺千熙的声音有些僵硬，我看到他紧张地把手握起来，然后飞快地关上门走了出去。

“啪”的一声，门关了起来。

“哈哈哈……”

我抱着轻松熊滚了一圈，第一次捉弄到诺千熙令我感觉非常舒服。

虽然诺千熙喊我主人，但我面对他的时候，总是很无力，被他吃得死死的，我反而成了那个被奴役的人。

等一下，他刚才进来的时候，好像没有叫我主人，而是“糖糖”？

他怎么知道我的小名？

我从床上爬起来，怒气冲冲地朝外面喊道：“喂，诺千熙，谁准你叫我糖糖的，以后只许叫我主人听到没有？”

没错，我就应该这样霸气，树立起作为主人应该有的威信。不然老是被这个定制伙伴控制，作为人类的我还有什么脸面？

连我自己都没有意识到，回到家后的我竟然完全没有去想安楠，反而脑海里全是诺千熙：他那所谓安慰模式的吻，他莫名地叫了我的小名……

我想要树立主人的威信，却没想到马上付出了代价。

“主人，你不喜欢吃青椒，我帮你挑出来。”

“主人，你是不是要喝水？”

“主人，你的脸色好像不太好，是不是昨晚做梦太辛苦了，要不要我给你揉一揉肩膀按摩一下？”

……

说着，诺千熙无视数道火辣辣的目光直接坐到我旁边，伸出手作势要帮我按肩膀，吓得我赶紧拍开他的手。

“诺千熙，你够了啊！”我咬着牙狠狠地看着他，小声警告道，“赶快给我转换到正常模式，不要再闹了！”

“主人，你说什么，我怎么一点都听不懂呢？昨天晚上可是你命令我以后只能叫你主人的哦。”

他特别无辜地朝我眨了眨眼睛，蓝色的眸子要多纯净就有多纯净，如果忽视掉他嘴角的那抹微笑，我还勉强会相信他。

从我早上来到学校的那一刻起，诺千熙就像只苍蝇一样跟在我的身边，不停地叫我“主人”，好像真的转换到了乖宝宝模式一样。

“哦什么哦！”

卖萌可耻！

我不由得打了一个冷战：“你再这样，我真的会揍你！”

“是吗，主人怎么可能对我那么狠心？”

诺千熙说着，突然朝我俯过身来，脸几乎要贴到我的脖子上。

我吓得连忙用力推开他，却感受到了几道更火热的目光，简直要把我烧成灰烬。不用看就知道是班上的三大女金刚，她们可是诺千熙的脑残粉。

顿时，我感到自己的生命受到了威胁，连忙拉住了要掉下椅子的诺千熙，撒娇似的喊了一声：“亲爱的，你别这样，这里人这么多，就不要再跟我玩这种角色扮演游戏了，我会不好意思的……”

呕！连我自己听到自己的声音，都快吐出来了。

诺千熙的脸僵硬了一下，马上就恢复了过来，他竟然得寸进尺地伸手搂住了我：“宝贝，我就是喜欢跟你在一起。”

“你放开我！”我用手肘推了他一下。

可他丝毫不为所动，还小声地在我耳边说：“主人，为了配合你演戏，我已经切换到深情模式。”

什么深情模式？竟然还叫我宝贝，谁准他乱叫了？

就在这时，“大猩猩”卢芬芳拿着餐盘坐到了我们对面。她用那双铜铃大的眼睛死死地盯着我，阴阳怪气地说：“有些人就是那么不要脸，为了倒贴什么都做得出来，生怕别人不知道她是一朵白莲花……”

不是吧，她嘴里说的那个人是我？

我抽了抽嘴角，正要反驳她，我身边的诺千熙突然变了脸，蓝色的眸子里一片阴鸷。他优雅地替我将盘子收起来，一边收一边说：“我喜欢为我家宝贝做任何事情，如果其他人有意见可以跟我提出来。但要是让我的宝贝皱一下眉头，或者心里面有什么不愉快，我会让那个人知道得罪我家宝贝的下场……”

我的心里好像有万马奔腾。

怎么又切换到霸道总裁模式了？

随意地切换模式不要紧，但也要提前打个招呼啊，我都快要被他这一声声的“我家宝贝”给恶心死了。

再看看周围同学的表情，他们好像一个个见了鬼似的，都吓得不轻。

而卢芬芳早就在他的恐吓下，缩起了脖子低下了头，手都在发抖，刚才的气势早就没有了。

诺千熙有这么可怕吗？

我不明所以地看了看大家，连忙扯了扯还在散发着“霸道”气息的诺千熙，小声说道：“诺千熙，你适可而止啊，赶快给我恢复正常，再这样下去我真的要生气了！”

诺千熙没有回答我，而是拿着餐盘朝回收区走去。

这家伙，模式是切换不回来了吗？

见他不配合，我只好选择息事宁人，对着卢芬芳说：“诺千熙只是在开玩笑，你不要放在心上啊，你放心，他不会把你怎么样的。”

他就是个冒牌货，也不能怎么样。

当然，这句话我没有说出来。

卢芬芳见诺千熙走开了，马上抬起头来白了我一眼，那眼神十分凶狠：“哼，谁要你装好心了！”

说完，她端着餐盘站起来走了。

餐厅的这场闹剧很快就在校园里传开了，“白莲花”这个称号莫名其妙地落在了我的头上。女生们在诺千熙面前不敢这么喊，可在他背后，我走到哪里都会有女生故意嘲讽我，我真是要冤枉死了！

晚上，我拿这件事跟言言诉苦，她听了后却在电话那边笑了好久。

“言言你笑够了没有啊，你怎么能把你的快乐建立在我的痛苦之上呢，你也太没有同情心了吧！”

我黑着脸，郁闷地喊道。

“哈哈，没有啦。”

言言憋了好久才憋住笑，没心没肺地安慰我：“你往好处想嘛，小说里一般只有女主角才有这样的殊荣，你就当这是大家对你的夸奖和认同，说明你具有女主角般的潜力和美好的品质。”

“我觉得我们没必要再说下去了，再见。”说着，我就挂断了电话，电话挂断前我还听到言言放肆的大笑声。

好累！我为什么会遇到这种奇怪的朋友？

我刚挂断电话就传来了敲门声。这个时候在门外的人除了诺千熙还会有谁？

“我睡着了。”

我朝门外吼了这么一句后，敲门声停止了。我拉过被子，盖在自己的头上，一点也不想理诺千熙。

可过了一会儿，敲门声又响了起来。

“咚咚咚。”

“还没完没了了是吗？”我忍不住从床上爬了起来，冲他撒气，“你有本事再切换到霸道总裁模式啊，你怎么不霸道了？”

如果不是他突然冲着卢芬芳耍狠，卢芬芳也不至于到处传播说我是白莲花，说我表面上装得很柔弱很善良，暗地里却耍各种手段让诺千熙维护我……

外面突然安静下来。

“主人……”

接着，诺千熙弱弱的声音响起来。

“干什么，我不是说过这几天都不想跟你说话吗？”

我没好气地问。

诺千熙“哦”了一声后，又小声地说：“可是，有人给你发短信了，是那个叫安楠的男生，要不然我把它删了吧？”

“什么？你给我住手！”

我连拖鞋都没穿，急匆匆地打开门冲了出去。

眼看着诺千熙拿着我的手机就要按下删除键，我猛地扑过去，饿虎扑食般将手机抢了过来。

“啊——”我看到短信后，欢喜地尖叫一声，喊道，“安楠竟然约我跟他一起去参加学校的舞会，我不会是在做梦吧？”

然后，我用力地捏了自己一下。

“啊——”

我痛得叫起来。

竟然是真的！

没想到上帝终于怜惜倒霉的我，给我送了这么一份大礼！这一刻，什么白莲花、什么诺千熙，全都不重要了。

我甚至想都没有想，为什么安楠会突然约我。

我为他找着各种理由，反正每一条的最后结果都是我一定要跟他去参加舞会。

我拿着手机兴奋得手舞足蹈，一点也没有注意到身后诺千熙那蓝色眸子里一闪而过的戾气。

2

公寓楼下的庭院里，蓊蓊郁郁的老树边，我哼着歌，将床单搭在晾衣绳上，瞟了一眼坐在草地上，一直阴沉沉地盯着我的诺千熙。

从我收到安楠的那条短信起，他就一直这个样子。

不过，算了，我心情好，懒得跟他计较！

说起来他总是对安楠充满了敌意，按言言当初说的，他的样子和性格是按她理想中完美恋人的模样打造的，就算他是个失败品，也不应该毫无理由地不喜欢安楠啊。

难道言言喜欢这种每天打翻醋坛子的男生？

我把床单上的褶皱舒展开，想了想，还是决定跟诺千熙来个约法三章。

“诺千熙，我警告你，你以后不要在安楠面前对我做亲密的动作，他是我喜欢的人，你知道吗？”

我一边说，一边回过头去看他，却发现他不见了。

去哪里了？

我往四周看了看，也没看到人影，想着他可能上楼回屋了。我正要拿起脸盆回去，却不小心被脚下的木桩绊倒。

“呀——”

就在我要倒下去的时候，一双有力的手臂伸了过来，一把揽住了我的腰，我转了一个方向朝床单倒过去。

而另一边，诺千熙用另一只手将床单掀了起来，然后我们俩的脸就挨在了一起，他的唇紧紧地贴在我的侧脸上。

时间在这一刻静止。

直到床单从晾衣绳上掉下来，我才惊慌地推开了诺千熙，恼羞成怒地喊道：“你……你干吗躲到这里来，你是不是故意的？”

自从诺千熙上次吻了我之后，我就觉得自己怎么跟他相处都很奇怪，就连他看我的眼神都觉得不正常。我知道可能是我的心理在作怪，但我还是会不由自主地乱想……

“什么故意的？”

诺千熙露出一副不解的表情，指了指掉在草地上的床单，用无辜的眼神看着我，说：“我是看主人晾的床单歪歪斜斜的，好像要掉下来的样子，所以才过来帮你重新固定一下。”

“我……我不用你帮忙！”

我气呼呼地把床单从草地上捡起来，整整齐齐地挂好后，拿起脸盆就跑，看都不看诺千熙一眼。

我回到屋子里后，镇定了下来，想起了安楠发给我的那条短信，心底一阵甜蜜涌了上来。

安楠邀请我一起参加学校的舞会，就说明他没有介意上次诺千熙莫名其妙吻我的事。虽然他没有说让我当他的舞伴，但这么郑重地给我发短信，是不是表示他其实也喜欢我呢？

我一边想，一边打算掏出手机再看一次短信。

可我在身上找了半天也没找到手机。明明刚才一直放在右边口袋里，怎么会不见了呢？我急得到处找起来……

等等，诺千熙抱住我的时候，好像从我口袋里拿走了什么东西。

可恶的家伙！我就说从我收到短信的那一刻起，他就阴阳怪气的，怎么可能突然想帮我挂床单，原来是想偷我的手机啊！

不过他偷我的手机要干什么？

我还没有想到诺千熙偷我手机的目的，就传来了敲门声。

“诺千熙，把手机交出来！”

我以为是诺千熙，气呼呼地打开门。

哪知道门外却是陌生的快递大叔，大叔一脸紧张地看着我：“小姑娘，什么手机？我只是来送快递的。”

“呵呵，我以为是我弟弟，他刚刚偷拿了我的手机跑出去了。”

我抓了抓头发，尴尬地解释。

“这样啊。”

大叔这才释怀地笑起来，将快递递给我，看到我签名后又说道：“小姑娘，我看你弟弟拿你的手机出去肯定是有什么事，你就算生气也不要实施家暴。”

“呵呵。”

我咧开嘴，干巴巴地笑了两下。

大叔你也想太多了！

再说了，就诺千熙那个家伙，我能对他实施家暴？他要是随便转换到什么天下无敌模式，我看被揍的那个就换成我了。

那天他轻轻松松就撂倒几个小混混的一幕，我可是亲眼看到的，所以我可不敢轻易对他怎么样。

不然我早就用暴力对付他，赶他出家门了！

我送走了快递大叔，站在走廊上往下面看了看，诺千熙竟然不在庭院里。这家伙拿着我的手机去了哪里？

不会拿着我的手机跑路了吧？

但我马上就否定了这个想法。我宁愿相信世界末日即将到来，也不相信诺千熙会跑。他一个复制人能去哪里？要知道当初可是他死缠着我，我才把他留下来的。

但不知道为什么，我还是隐隐有些担心。

我走到客厅，慢慢地在沙发上坐下来，把自己的注意力转移到快递上。

谁会给我寄快递？

爸妈好像没有跟我说他们会寄快递来啊，而且快递上没有写寄件人的地址和姓名，这让我更加疑惑了。

我打开快递，发现盒子里躺着一件漂亮的蕾丝小礼服。

白色的小礼服……

我不由自主地想到了安楠，一定是他送的，这种乖巧的公主裙一看就是他喜欢的类型。

他送我这个，是不是表示我是他心中的那位公主呢？

顿时，我的脑海里浮现出了所有偶像剧里的梦幻画面。男主角送给女主角漂亮的裙子，把她打扮得像精致的小公主，然后带着她在舞会上翩翩起舞……

虽然这一切看起来是那么不真实，但我不能错过这次机会。

我花了一个下午的时间来打扮自己，然后穿着安楠送的裙子来到了学校。

至于消失的诺千熙，管他去了哪里呢！

学校的中央礼堂灯火通明，大门外面，穿着各式礼服的同学来来往往。

我把长发扎成了可爱的丸子头，搭配安楠送给我的蕾丝缎带公主裙，手里拿着言言送的金色小包……随着微风轻轻地拂过，空气中仿佛弥漫出粉色的浪漫气息……

我低着头不敢四处张望，想象着一会儿跟安楠见面的情形。

可是等啊等，等到四周的人都渐渐进了礼堂，只剩我一个人站在礼堂外面，安楠还没出现。

我开始着急起来，安楠怎么还没有来，难道是没认出我吗？

惶恐不安的我想拿出手机来给安楠学长发条短信，掏了半天却突然想起来，我的手机早上的时候被诺千熙拿走了。

啊，该死的家伙，害得我不能跟安楠学长联系，回去我一定要骂死他！

就在我气得咬牙的时候，有人向我走近。

我惊喜地抬起头看过去："安楠学长，你终于来……怎么是你？”

眼前的人并不是我想见的安楠学长，而是化着精致妆容，从头发丝到脚指甲都精心打理过的洛方婷学姐。

她望着我的眼神里充满鄙夷，跟身边的一个女生调笑着说：“你看吧，我就说她还在外面等着呢，以为安楠真的约了她来，真是一个可笑又可悲的人。”

“你什么意思？”

我的手指用力地捏着裙角，指甲都已经泛白。

“我是看你可怜才来告诉你的……”洛方婷用奚落的眼神看着我，自以为慈悲地说道，“我也知道你听了之后可能受不了打击，但我也没办法。其实安楠他……从一开始就很讨厌你，更别说那天你还泼他豆浆，撕烂他的衣服了。所以这次我就给他出了个主意，让他故意约你出来耍一耍你，也算是给你一点教训。没想到他真的这么做了……”

“不……不可能，安楠才不会这么做！”

我不敢相信地摇着头。

洛方婷旁边的女生鄙夷地看了我一眼，说道：“哎呀，我就说某人肯定不会相信。方婷姐你还好心地来提醒她，还不如让她站到明天早上呢。”

“我不相信……”

我不相信，安楠明明是那么温柔的一个人，这一点也不像他会做出来的事情，一定是洛方婷在撒谎。

可是安楠为什么没有出现呢？

我想要说服自己，偏偏我的眼睛在流泪，心也在痛，大脑却理智得不行，每一丝理智都在分析着，告诉我洛方婷说的可能是真的。

因为从始至终除了那条短信，安楠都没有给我打过电话说过一句话。

他甚至在发那条短信前，都没有对我表示任何好感。更别说在那之前，我还在咖啡店偷窥他，他对我有那么多解释不清的误会……

原来他讨厌我啊！

我真是傻，只不过是一条短信，我就以为他喜欢我。也许是我内心太渴望了，渴望他也像我喜欢他那样喜欢我。

喜欢一个人的时候，总会有这样那样的臆想，那个人多看自己一眼，都会怀疑他是不是也喜欢着自己。而我就是这样，陷入了自己的臆想之中，所以在收到短信的时候，连真假都没有去分辨。

八卦的人总是无处不在，刚刚还空荡荡的礼堂外面一下子聚集了许多人。他们大概是跟着洛方婷学姐出来的，毕竟她走到哪里都是那么吸引人，只要有她的地方就会有目光。

可我仿佛看不见他们，仿佛听不到四面八方传来的嘲笑，眼泪已经模糊了我的双眼。

“对了，安楠他……他还送了我这条公主裙，这是他送给我的，他如果要骗我，为什么会送我这么贵的裙子呢？”

我做着最后的挣扎。

“裙子？”

洛方婷的眼睛里流露出一丝紧张的神色，她看了看我身上的裙子，突然笑了起来：“安楠的喜好可不是这样，顾糖心你也太可笑了吧，自己买一套裙子穿上，还撒谎说是安楠送给你的，你是不是得了臆想症啊？”

周围的同学听到后，都跟着笑起来。

“我……我才没有……”

如果裙子不是安楠送给我的，那还会有谁？

3

对于此刻的我来说，度秒如年。

我窘迫地拽着裙子，漂亮的蕾丝边被我揉成了一团。我的脑海里闪过一双蓝色的眼睛，我连想都没有想，就认定了是诺千熙在捣鬼。

想到他，我一点都没有被感动到，因为这套价格不菲的裙子，意味着花费的是我们一个多月的伙食费！

“裙子是我送的。”

忽然，诺千熙的声音响了起来。

就像我看过的无数偶像剧那样，某个闯了祸的家伙从分开的人群里朝我一步步走来。

黑色的燕尾服穿在诺千熙身上看起来一点都不显得繁重，反而为他增添了神秘和帅气。冷峻的五官，高大的身材，诺千熙就如王子一般高贵又迷人。他踏着红色的地毯，一点点向我靠近……

人群里响起女生的尖叫，她们兴奋地拿出手机拍照，如遇见明星一般激动。

“不好意思，我来晚了。”

诺千熙走到我的面前，绅士般地握住我的手，在我的手背上亲吻了一下，然后温柔又万分歉意地说：“对不起，都是由于我的迟到，才害你被人误会。”

说到这里，他停顿了一下，目光冷冷地扫向洛方婷，又大声地说道：“今天晚上糖糖是我的舞伴，她身上的裙子也是我送给她的。我想有了我这么优秀的男伴，糖糖根本不需要其他男生……”

周围马上响起一声声尖叫，女生们都兴奋起来，就像诺千熙的表白是对着她们说的一样。

洛方婷的脸憋得通红，像是被谁打了一巴掌。

而我仿佛没有看到发生的一切，只是紧紧地盯着自己的手背，那里酥麻酥麻的，我的心里也痒痒的。

明明理智告诉我，诺千熙是切换到了完美恋人的模式，才会演得这么逼真，逼真得连我都快陷进去了。而我要做的，就是马上醒过来，千万不要让自己沉迷，因为这一切都是假的！

可是，我在犹豫，我甚至不想醒过来。

“糖糖，我们离开这里吧，这种让你受委屈的舞会，不参加也罢。如果你喜欢跳舞，我会专门为你再布置一场舞会。”

诺千熙见我发呆，莞尔一笑，牵起我的手朝停在礼堂前面的一辆豪华轿车走过去。

等我回过神来的时候，诺千熙已经开着车行驶在回去的路上了。

“喂，你有驾照吗？”

我惊魂未定地看着前后左右呼啸而过的其他车辆，脑袋顿时清醒过来：“不对，这辆车是从哪里弄来的？”

“当然是租的啊。”诺千熙转过头对着我得意地一笑，还自豪地扬了扬头，“主人，你不用担心，我有驾照，而且我的车技很好。”

“你给我看前面啊！”

我紧张地喊道。

随着我的喊声，迎面而来的车子呼啸而过，诺千熙猛地一拐方向盘，车子朝路边的大树冲了过去……

“砰——”安全气囊马上跳了出来，我迎面撞上去，连眼睛都被撞痛了。

“糖糖，你有没有伤到哪里？”

诺千熙的声音焦急而又自责，他的第一反应就是俯身过来查看我有没有受伤。

我只是感动了一瞬间，就马上推开他的脸，怒气冲天地说：“这个时候你管我有没有受伤，快去看看车子撞坏了没有？”

租来的车子，还是这么贵的车子，我一想到可能要赔许多钱，就不想给诺千熙好脸色看。

所以我才说童话都是骗人的，灰姑娘怎么可能等到王子，现实中不遇见诺千熙这样的大麻烦就已经感谢老天了！

幸亏老天爷还是眷顾我的，租车店的老板说车子只是前面凹进去一点，掉了一点漆，赔两千块钱就够了。

两千块钱对我来说也不是小数目啊！

我在咖啡店兼职，一个月才赚两千多块而已，我还要养活什么都不会做，只会添乱的诺千熙，打工费早就用了不少。

虽然租车店老板说钱可以慢慢还给他，但我还是决定先跟言言借钱，把这笔钱还上。

“言言，谢谢你啊，我会尽快把钱还给你的。”我感激地握住言言的手，小声地说，“已经不记得是第几次麻烦你了，要不是诺千熙老闯祸，我也不会总让你帮忙……”

“没关系，其实这不是你的错，都怪……”

言言的脸上挂着一丝尴尬，她的眼睛瞟啊瞟的，像是突然发现了什么。她使劲地揉了揉眼睛后，戳了戳我：“糖心，不是我的幻觉吧，那个穿着花衬衣的男生，是不是讨厌的南宫月？”

我顺着言言的目光看过去。

没错，那个人化成灰我都认识，就是那个骗了我，让我现在生活在水深火热之中的黑诊所医生！

此刻他竟然穿着花衬衣、紧身牛仔裤，像只花蝴蝶一样，优哉游哉地半躺在广场的喷泉旁，嘴角挂着魅惑的笑，对着周围一群女生狂放电。

“南宫月！”

我气冲冲地跑过去，推开周围的女生，一把抓住他的领子。

“你是谁啊？像个疯子似的抓住别人……”

“她你都不知道啊，二年级的顾糖心，把千熙男神迷得团团转的那个白莲花，前几天还企图迷惑安楠学长，结果被洛方婷学姐教训了一顿。看她总是装出一副恶心的乖乖模样，这下暴露了吧！”

“快点把她跟别的男生勾搭的样子拍下来，发给千熙男神，看她还怎么装！”

……

人红是非多，我对这些攻击自己的谣言已经很淡定了。拍照发给诺千熙？我一点压力都没有，随便你们拍！

要不是抓着南宫月，生怕他跑了，我还打算比个手势，对着镜头笑一笑呢。

“白莲花？”南宫月扯开嘴角，邪恶地笑起来，然后意味深长地说，“没想到一个月没见，你就拥有了如此雅致的称号。”

“哪里雅致了，我跟你很熟吗？”我瞪了他一眼，拽着他的领子往言言那边走去，“我跟你说，你这个骗子，你今天不仅要接受我把那个倒霉的定制伙伴退货，还要跟言言好好地道歉。言言美好的初恋就这么被你毁了，你知不知道？”

“什么初恋？”

南宫月愣了一下，惊讶地看向诺言言，随后眉头一皱：“言言，你为什么没去维也纳，那不是你的梦想吗？”

“关……关你什么事？”

言言偏过头去，像是在躲避什么，然后又哼了一声，仰着头说：“你不是说，以后见到我就绕道走，看都不想看我一眼吗？”

哟……这两个人之间好像有什么故事啊！

我在两人身上来回看了看，站出来解围。我用力地一拍南宫月的肩膀，说："骗子，我不管你跟言言有什么恩怨，你先把那个定制伙伴给我退货再说。你知不知道他闯了多少祸，他可跟你当初吹嘘的完美伙伴一点也不搭边，他完全就是一个劣质货！"

"主人，你怎么可以这么说我？"

不知道诺千熙从哪里钻了出来，突然出现在我面前，他蓝色的眸子里雾气氤氲，湿漉漉的，像一只受伤的小鹿。

我捂着嘴，轻轻地咳嗽一声，说道："诺千熙，大人们在这里说话，跟你没有关系，你给我切换到其他模式，不要装可怜。"

"可是你要抛弃我。"

诺千熙幽怨地看着我。

我无视他的眼神，脸不红心不跳地说："我哪有……我只是想要退货，把你恢复出厂模式而已。"

我清楚地知道，这个时候我绝对不能心软。甩掉这块牛皮糖，我才能过上正常的生活。如果不是我天真无知被这个黑心医生骗了，哪至于弄到现在这种地步。别说什么完美伙伴，我根本就是带着一颗炸弹在生活……

见我一副毫不留情的样子，诺千熙朝南宫月冷冷地看了一眼。可能是我眼花，他那一眼似乎充满威胁，就连我都觉得周围的气压在上升。

“哎，慢着……”

南宫月狐狸似的笑容一顿，他拦住了我，从口袋里拿出一张单子来，笑着说：“你看清楚了，你当时签的这张售货单上可是写得明明白白的，货物一旦售出概不退换，所以啊，我是不会负责回收的。”

“怎么可能！”

我盯着单子仔细地看了看，上面竟然真的写有“此货物一旦售出，不退不换”这样的霸王条款。

“你这纯粹是欺骗顾客，我要去消费者中心投诉你！”

我气得上去抢单子，可南宫月一个转身就把单子收到了口袋里面，还对着我潇洒地挥了挥手。

“好了，本公子要去逛校园看美女了，没时间跟你磨蹭。”

南宫月说完，就迈着长腿走开了，走之前还不忘对着言言抛媚眼：“言言，既然你都愿意为了我放弃去维也纳，就不要再隐藏对我的感情了。哪天要是你想跟我告白，就直接来找我，说不定我会接受你。”

“南宫月，你是不是想恶心死我！谁说我是为了你不去维也纳的？自恋是病，你千万不要放弃治疗！”

言言气得跳了起来，握起拳头朝南宫月挥了挥。

“别生气了，言言。”

我一边拉住冲动的言言，一边无奈地看了一眼身边一脸满足地对着我绽放笑容的诺千熙。

看到他这么高兴，我更悲伤了。

世界上最悲伤的事就是，你一时冲动买错了东西，卖方却告诉你，他们的货物一旦售出就不能退换。

这根本就是强买强卖，我要去消费者中心投诉他！

“主人，我好开心，那个人的意思是不是你永远都不会不要我了？”

诺千熙蓝色的眸子里仿佛有光在荡漾着。

我恍惚了一下，这一瞬间自己的心灵好像被那道光洗涤了。

抛开各种乱七八糟的模式，诺千熙就是他最纯粹的样子，他像个孩子，什么都不懂，是我们人类出于自己的私心和欲望让他来到这个世界的。就算我要生气，也不应该对着他发泄啊，他并没有错，不是吗？

我第一次清楚地认识到，我对诺千熙不满，其实是后悔之前自己因为内心的自私而莽撞做出的决定。

第四章 世界唯一的你

CYGNUS
DEEP WHITE
YEARS

04

1

从那天言言和黑心医生南宫月两人的对话中，不难看出来他们俩之间有火花，不过这几天看来他们俩之间何止是有火花，都快要产生火灾了。

明明是对人那么友好的言言，一遇到南宫月就变身成战斗刺猬，好像不攻击他就浑身不舒服。而南宫月也很嘴欠，每次就挑言言不爱听的说。在女生中间游刃有余的他，遇到言言好像就没有办法，也不知道两个人上辈子是不是结了仇。

我对南宫月的偏见不比言言少，所以每次碰到他都没什么好脸色。南宫月却可以面不改色地跟我说笑，脸皮厚得针都扎不破。

比如现在——

“可爱的小姐，你身边的位子应该没有人坐吧？”

我的白眼还没有翻完，南宫月就端着餐盘一屁股坐在了我旁边。

“别怪我没提醒你，言言带着诺千熙去买冰沙了，这个位子是她的，等会儿她回来你就倒霉了。没看到周围的人都不敢坐过来吗？”

虽然我不想承认，但由于诺千熙，我现在的人缘也好不到哪里去，身边没人敢坐跟言言并没有关系。

“是吗？半天没有见她，我也甚是想念。”

南宫月一边说着，一边从口袋里掏出一把手术刀。

“啪！”

我被吓得手里的筷子掉在地上，喊道：“喂，你没必要这么恶毒吧？言言早上不就骂了你几句，你居然拿出手术刀来……”

“糖心小姐，我不得不夸奖你想象力丰富。”南宫月眨了眨眼睛，将刀换到左手，把餐盘里的猪排切下一块，接着说道，“我拿手术刀只是为了切猪排……”

“哈哈哈。”

我尴尬地笑起来。

“没关系。”

南宫月突然转过头，盯着我的眼睛，诡异地说：“你想象力那么丰富，却想不到自己身上正在发生的事，这不是不合常理吗？”

“你别吓我。”

我把身体往后倒，看着他，小声地问：“你该不会想说，我身后有什么吧？”

“哈哈，你真可爱。”

南宫月发出一阵爆笑后，又专心地切下一块牛排，往嘴里送去，漫不经心地说：“你这么可爱，我都不忍心了。我只是想告诉你，有时候不要太相信身边的人，尤其是那些突然出现，来路不明的人，他们可能对你有其他企图……”

“你不是说诺千熙吧？”

我马上就想到了诺千熙。

这下南宫月倒是被吓到了，他的手一顿，又笑着说：“没想到你也不是那么傻啊，一下子就明白了……”

“明白什么啊！”

言言冲了过来，一巴掌拍在南宫月的头上，那声音听起来我都替他觉得痛。

南宫月果然恼了，抓住了言言的手：“你不要以为我真的不敢打你，我的忍耐也是有限度的。”

“说得好像你对我多好一样。”

言言甩开他，似乎意识到自己出手太重，不敢看南宫月，却凶巴巴地说：“我警告你不要破坏糖心和我哥……我是说诺千熙，你知不知道破坏别人的姻缘是要遭报应的啊？”

我对言言的态度感到奇怪，她好像很喜欢看到我跟诺千熙在一起，可是言言不是因为喜欢诺千熙才帮我们的吗？

还是说，她这句话是针对我说的，她觉得我破坏了她和诺千熙的姻缘，但又不想直接跟我说，所以把气撒到了南宫月身上？

这么一想，我就想通了，难怪这些天言言心情不是很好，而作为朋友的我却一点都没有发现。

“言言，对不起。”

我突然有了罪恶感，我真不是一个合格的朋友。

我拉住言言的手，跟她道歉：“言言，对不起，我从来没有想过你的感受，我还以为你不在意呢。学校的那些谣言都是她们自己编造的，我对诺千熙一点感觉都没有，如果你那么喜欢他，我可以把他让给你……言言，你一直摇头是什么意思，你不能原谅我吗？我……”

我突然感觉到不对劲，停下来转过身去。

诺千熙正站在我的身后，他蓝色的眸子里仿佛酝酿着一场风暴，吓得我双腿一颤，不由得想要向言言寻求保护。

他这副模样，一定是切换到黑化模式了吧？

人总是会趋利避害，在这一刻，我感觉到了危险，所以想要抓紧言言，可扭头一看，这丫头不知道什么时候逃到了南宫月的身后。

我只能梗着脖子，对诺千熙笑着说：“你怎么这么晚，赶快坐下来吃饭。”

可诺千熙好像没听到，他冰冷的声音在我耳边响起：“顾糖心，这么久了，你真的对我一点感觉都没有吗？”

我说不出话。

诺千熙站在原地，就那样直直地看了我很久。我越来越害怕，忍不住微微颤抖的时候，他忽然走了过来。

他高大的身影像一座小山一样笼罩住我。

我害怕地闭上眼睛，以为诺千熙要教训我，却不料他一把抓住我往他怀里拉。

“砰！”

我撞到了他的胸膛上。

食堂里的女生都发出尖叫声。

然后，诺千熙放开了我，在我耳边说：“记住了，我是为了主人你而存在的，如果主人你想放弃我，我只能从这个世界上彻底消失。”

2

早晨的阳光带着温暖的触感，轻轻地落在叶子上。露珠晃动着，折射出点点光芒。树叶斑驳的影子落在石板路上。穿着白色衬衣的少年，低着头不知道在想些什么。

“喂，你说句话啊，马上要上课了。”

我忐忑地看了诺千熙一眼后，手紧紧地攥着衣角，有点紧张。

奇怪，我紧张什么啊，只不过要加入社团，又不是什么大事，我为什么要这么小心翼翼地询问他的意见呢？

我突然反应过来，松开衣角，声音大了起来：“反正我跟言言说好了，一起参加音乐社，晚上你自己回去吧。”

这都怪诺千熙，真不知道他一个定制的复制人，哪来那么大的脾气，这几天都阴阳怪气的，我连说话都变得小心翼翼，生怕自己说错了话又踩到他的哪根神经，让他切换到那天的霸道拥抱狂模式。

我又瞥了他一眼，见他已经抬起头来，那双蓝色的眸子深得可怕，我隐隐觉得心颤，赶紧收回了目光。

“我……我先去教室。”我舌头打结地说完，绕过他转身就想走，结果手却被他狠狠地抓住了。

他一把将我拉到身边，逼着我跟他对视。他看着我，声音里带着一丝受伤的气息：“主人，我前几天才说过，我是为了主人而存在的，主人如果要放弃我，那我就会消失，主人是不是已经忘记了？”

“我，我……”

我心虚起来。

昨天我收到被音乐社录取的短信的时候有多高兴，现在就有多煎熬。音乐社可不是那么容易进的，为了能进音乐社，我可是花了好几个月的时间苦练钢琴，而进了音乐社我就跟安楠更近了一步……

就在我犹豫不决的时候，我看到诺千熙的眸子越来越深，他的脸突然朝我靠近。

天啊！

不会又要发作了吧？

千钧一发之际，我哪里还有其他想法，吓得闭上眼睛退后一步喊道：“我……我不参加音乐社了，让言言一个人去吧。”

“很好。”

然后，我感觉到一只手在我的脑袋上轻轻地揉了揉。我睁开眼就看到诺千熙那张完美的脸上绽放出灿烂的笑容。

“主人，我就知道你不会抛下我的，晚上回去我给你做好吃的。”

“呵呵，好吃的就不必了，我可不想被毒死。”

我违心地跟着笑了笑，心里却一阵一阵地痛。

我到底作了什么孽才会遇到诺千熙？还说什么完美伙伴，除了脸和身材，他还有什么完美的地方？

我辛辛苦苦争取来的机会，就这么没有了，我不甘心啊！

“主人，你会一直在我身边，对不对？”

偏偏这个时候，诺千熙还不死心地又追问了一句。

我已经很不耐烦了，狠狠地咬牙答道：“是啦，我恨不得把你绑起来……”然后把你关在暗无天日的小黑屋里，揍你一顿出气。我心里这样想着，正打算瞪他一眼解解气，一抬头就被他的眼神震惊了。

那个眼神带着依恋，还有一丝深深的沉迷，好像我就是他的全世界一般。

诺千熙就那样看着我，让我的心渐渐地柔软起来。

其实，我不应该全怪他吧，是我一时错误的想法才让他来到这个世界上，算起来我是他唯一的亲人。难道这就是人们说的雏鸟情结吗？他对我的占有欲，看起来就像是亲情一般。他那么怕我抛弃他，只是害怕失去我这个亲人而已。

于是连着好几天，我的关注点都放到了诺千熙身上。

失去了进入音乐社的机会我也没有特别伤心，也来不及伤心，因为诺千熙又闹出了好多麻烦，让我不得不全身心投入到帮他收拾烂摊子的事情上去。

“所以……你答应跟那个女生约会了？”

我用力地深呼吸了好几次才忍下来。

不要生气，糖糖！

生气也解决不了任何问题，这又不是第一次了，比起以前诺千熙惹出的麻烦，这都不算什么，你可以应付的……

“对啊，因为她答应我你也可以跟去，还是去那家你最喜欢的牛排店。”

诺千熙说完，对我“天真”地笑了笑。

“那是你喜欢吃的吧。”我没好气地瞪了他一眼。我可不是那些女生，我对他这样的笑容已经免疫了。

我瞪着眼睛说："你不要以为我不知道，你只是想去那里吃牛排了，所以才答应跟她约会，你这个虚荣心超强的小白脸！"

"主人，你又夸我，我会不好意思的。"

诺千熙一脸的"娇羞"。

"你从哪里听出来我在夸你了？"

我忍不住翻了个白眼，好想揍他一顿怎么办？

"言言小姐说，只有长得好看、身材好的男生才可以被称为小白脸，是她告诉我，你这是在夸我，还说你这么说是喜欢我……"

诺千熙一本正经地跟我解释，说完还意味深长地看了看我。

我拍了拍额头。

原来是言言那个鬼灵精！

于是，我果断地决定以后还是让诺千熙少接近言言为好，他本来就是一个复制人中的人精，再跟一个人类中的人精混在一起，还不得把这个世界给颠覆了！

不过在那之前，还是先解决眼前的问题吧。

"那个女生叫什么名字，几年级的？"我问道。

诺千熙一脸茫然地看了看我，然后摇了摇头说："不知道。"

"不是吧，你连她的名字都不知道就答应跟她约会了？"我抓了抓头发，烦躁得厉害，眼睛都快冒火了。

"主人，你是不希望我跟她约会吗？"

诺千熙像是反应了过来，他小心翼翼地看了我一眼，满脸期待地看着我：“你是不是在吃醋？”

不用说，“吃醋”这个词肯定又是言言教他的。

“你看我的样子像是在吃醋吗？”

我瞥了他一眼，敲了敲他的头，说道：“我告诉你，以后不要跟言言学这些东西，离她远一点。”

“主人你放心，我跟言言小姐没关系的，你不用吃醋。”诺千熙突然抓住我的手，盯着我的眼睛说道，“因为我只认定了你一个人，从我认识你的第一天起，从你跟我说第一句话开始，就注定了我们两个永远都无法摆脱对方……”

呃！这家伙真是时时刻刻都会发病啊！

到底是哪里坏掉了？

为了阻止他继续讲下去，我赶紧拿起桌上的饼干塞进他的嘴巴里，说道：“好了，下午我跟你去牛排店，帮你解决这个桃花运好了。”

我到达牛排店门口的时候，看见了一个留着空气刘海、双眼皮、大眼睛的女生坐在靠窗的位子上，她不停地朝这边张望着。

她看到诺千熙的那一刻，眼睛里仿佛有粉红色的泡泡冒出来，完全把跟在诺千熙身后的我当成了透明人。

当然，我是不会介意的。

对不起了，可爱的妹子，等一下如果我做出棒打鸳鸯的坏事来，你可别埋怨我，我可是为了你好。你长得这么漂亮可爱，就不要把自己的幸福浪费在一个复制人身上了！

毕竟种族不同，不能在一起啊……

“诺学长……”

女生的嗓音糯糯的，听起来十分舒服，她白嫩的脸也一下子变得红彤彤的，像一颗熟透的苹果。

好可爱啊！

连我都不由得看呆了。

我敢肯定，她就是传说中那个名列校花排行榜第三的一年级的顾灵灵。为什么只是第三呢，因为还有我们家言言和那个洛方婷啊。

不过，我倒是觉得这个顾灵灵超级顺眼，比洛方婷好看多了。

可诺千熙这个不解风情的家伙，还没等人家娇羞地说完话，就马上打断了她：“我们可以点两份最贵的阿拉斯加肉眼牛排吗？主人——糖心喜欢吃这个，但是我们没有那么多钱买，本来我怕她吃醋不想答应跟你约会的，但你说可以来这家店……”

我看到顾灵灵的脸色由红变白，不由狠狠地踩了诺千熙一脚。

“啊——”

诺千熙大叫了一声后，疑惑地看着我：“糖心，你干什么踩我的脚？”

“闭上你的嘴。”

我瞪了他一眼，连忙向对面的女生道歉：“对不起啊，他今天忘记吃药了，又在这里开玩笑呢。”

“嗯，我当然知道千熙他是在开玩笑，他怎么可能吃不起这里的牛排……”

顾灵灵的脸色好转了一点。

我用力推了诺千熙一下，示意他按照我之前教他的，至少夸奖一下顾灵灵，她都请我们吃这么贵的牛排了。

“你的名字真好听。”

诺千熙看懂了我的示意。

他的话一出口，顾灵灵马上表现出少女的害羞模样，脸颊都染上了绯红色，她低着头小声地说：“谢谢。”

我满意地看了看他，有种不懂事的儿子终于长大了的欣慰感。

可我才在心里感叹了一句，诺千熙就接着说道：“顾星星，因为你跟我们家糖心一个姓，我第一次听就记住了。”

“你瞎说什么呢，人家叫顾灵灵，你不知道就别乱说……”

我气得又想踩他一脚。

但这次，这个家伙竟然有了防范，我还没踩下去，他就躲开了，还对着我甜甜地一笑：“我脑袋里的每一个记忆细胞都储存着你，所以没有地方可以装下其他人。”

我的心扑通一跳。

虽然诺千熙最擅长的就是对着我告白，每天都会告白好几十次，按理来说我已经麻木了，但其实每一次，他只要用那双仿佛蕴含着整个宇宙的蓝色眼睛盯着我跟我说这些话，我还是会悸动。

“对不起。”顾灵灵的声音让我回到现实，她的脸色犹如一张白纸，眼睛里有泪珠晃动，声音哽咽地说，“你们吃吧，我有点不舒服就先走了。”

说着，顾灵灵拿着包站起来就往外跑。

“等一下。”

诺千熙喊住她。

顾灵灵停住脚步，满怀希望地回过头。

“你付钱了吗？我和糖心身上可没有那么多钱……”诺千熙说这话的时候脸上没有一点儿不好意思的神情。

坐在他身边的我此刻好想告诉别人自己不认识他。

今天我才发现诺千熙这个家伙不但可以切换各种模式，还这么厚脸皮，当初那个骗子医生制造他的时候，该不会是用犀牛皮给他做的脸皮吧？

顾灵灵像是受了天大的打击，站在那里犹如石雕一般，过了半天才咬着下嘴唇道：“我已经付过钱了，祝你们用餐愉快！”

接着她捂着嘴飞快地跑了出去。

今天来之前，我已经做好了要做坏人的准备，但现在我什么都没有做，事情就解决了。诺千熙战斗力太强，别说顾灵灵，我都不

身去。我看了一眼地上的蛋糕，一抬头又看到了两人紧握的手。

我真是天真，刚才竟然以为安楠站起来是要过来扶住我。

“好的，我马上就来打扫。”说完我赶紧跑开了。

我的鼻子塞得厉害，眼眶刺痛，我想我的眼睛一定红了。我麻木地拿来扫帚低下头去扫地上的蛋糕。

我不想让安楠看见我的狼狈，所以我拼命地低着头，好像这样他就看不到我。

洛方婷却不肯罢休，她用脚上穿着的红皮鞋踢了踢扫帚，说：“你到底会不会打扫啊，没看到你越扫地面越脏吗？”

“你适可而止吧。”安楠压抑的声音传来，想要阻止洛方婷。

可能是因为太悲伤，这个时候我竟然在心里想：安楠你肯定没有看过偶像剧，你不知道你这么做，洛方婷会更想要对付我吗？

不过我实在想不通的是，明明安楠讨厌我，洛方婷也知道这事，但她为什么还要费心费力地欺负我呢？还是因为安楠讨厌我，所以她想要通过欺负我来让他开心？

我想着想着，竟然完全分了神，连悲伤都忘记了。

“洛方婷，这是第二次了。”诺千熙的声音突兀地响起来，我还在机械地擦着地板，直到他走过来，将我从地上拉起。

我猛地被诺千熙拉起，整个人贴在他身上都没有发觉，只是呆呆地看着他：“你怎么来了？”

诺千熙一个眼神都没给我，瞥了眼满是黏糊糊奶油的地板，眉头皱了起来，声音里像带着寒冰一般：“你自己的人自己管不好，却跑来把气撒在我的人身上。洛方婷，我再给你一个机会，向糖糖道歉。”

我抹了抹额头上的汗。

他又切换到霸道模式了？

洛方婷嚣张的气焰在诺千熙的霸道模式下荡然无存，不过她一向都不甘示弱：“我……我又不是故意的，她既然在这里做兼职，就该做这些事，我为什么要给她道歉？”

“这样说的话……”诺千熙冷冷地看了她一眼，端起桌上放凉了的咖啡，往她的脸上泼去：“对不起，我也不是故意的，不过我是一个知道该怎么道歉的人，所以我会给你买一套衣服，明天让人送到你家里。”

“啊——”洛方婷满脸咖啡，尖叫起来：“诺千熙，你到底有没有教养？竟然往我身上泼咖啡，我记住你了！”

“是吗？那你好好记住。”诺千熙冷冷地说完后，拉着我往外走。

“你干什么，我还在工作呢！”我喊道。

“今天的工资我付给你。”诺千熙头也不回地说。

听他这么说，我被气笑了。这霸道模式可真不切实际，靠我养着的复制人哪里来的自信？

我正要说话，他就转过头来看了我一眼：“难道你想继续留在那里，看着那两个人在你面前晃来晃去？”我想要说的话就这么卡在了喉咙里。

诺千熙说得没错，这个时候离开才是最好的选择，难道我要留在这里看着安楠跟另一个女生在一起吗？

我一直以为，只要我努力，总有一天安楠不会再讨厌我，他会看到我的好……

我不再说话，心不在焉地任由诺千熙拉着我走。

至于咖啡店的工作，我想自己可能不会再做下去了，我怕我一进去就想起安楠来，那里留下的都是不好的回忆。所以我连回去跟店长请假的想法都没有，只觉得我悲伤的暗恋都结束了，在那里结束就好。

诺千熙身高腿长，我几乎是被他拖着在小跑。不过我不在意，我不知道自己在想什么，心好像空了一块，大脑也是一片空白。

“你为什么不说话？”

诺千熙的声音随着风传到我耳边。

我猛地清醒过来，一抬头就看到了他身后的满城灯火，还有他那双在黑夜里尤其闪亮的蓝色眼眸，它们比山下的灯火都要亮眼。

“我们什么时候到山上来的？”我反应了一秒后，捂着眼尖叫道：“啊……你该不会带我坐缆车了吧？”

“冷静一点，周围还有很多人呢。”诺千熙用食指压住我的嘴唇，对我做出嘘声的动作。

我能冷静才怪呢，我从小就有严重的恐高症，别说缆车了，就连那种观光电梯我都不敢坐。而他明明知道这些还带我坐缆车，要是我在缆车上就清醒过来，当场晕过去都是有可能的……

这个阴险的复制人，是不是想弄死我啊？

“等下回去怎么办？”

我压低声音，瞪着他问。

诺千熙笑了笑，将头伸过来在我耳边小声说：“不用担心，我蒙着你的眼睛，你就不会害怕了。”

“呵呵。”我也好想泼他一脸的咖啡啊！

“你看。”诺千熙无视我的愤怒，牵着我的手走到护栏边，指着山下的灯火对我说：“那里就是我和主人的家，站在这里看过去，是不是感觉很神奇？”

“哪里？这么远我看不见。”

我撇撇嘴，偏过头去不敢往前看。这家伙果然是一个不合格的复制人，他竟然转头就忘记了我有恐高症。

浑蛋，我哪里敢看脚下？

“不要紧张，抓着我的手，你可以试着朝前面看，不要往下看。”诺千熙的声音又在耳边响起来。

伴随着凉爽的夜风吹过，不知道为什么，在他声音的蛊惑下，我慢慢地偏过头，朝前方看了过去。

然后，我看到满城灯火都在我们脚下，放眼望去，连心胸都跟着开阔起来，我好像忘记了刚才悲伤的情绪，顺着诺千熙指的方向看了过去。

“还是……看不见。”我故意这么说。

诺千熙没有因为我的话气馁，他把声音放慢，竟然带了一丝温柔：“糖糖不愿意看也没关系，你可以想象，在这个城市里，有一个小小的地方，是我们两个人的，只有我们两个人。我可以陪在你身边，看你微笑，听你说话。每天早上起床后第一眼就能看到你，每天晚上睡觉前也能看到你……”

听着他轻柔的描述，我的心也跟着静下来，跟着他想象着我们在一起的每时每刻。可渐渐地，我总觉得哪里有点不对……

“也许糖糖你不知道，我最喜欢看的就是你醒来前的样子，完全没有防备的、像婴儿一般纯真的脸庞。做了美梦时嘴角的酒窝，可爱得不得了！这些我都好想珍藏起来，尽管有时候眼角的眼屎会破坏美感……”诺千熙弯起嘴角，露出白痴般的笑容。

“诺千熙——”我醒悟过来，毫不留情地对着诺千熙的后脑勺拍去：“我就说每天早上起来总感觉房门好像被人打开过！你这个猥琐的复制人，竟敢偷看我睡觉！”

“呜呜……”诺千熙摸着后脑勺，委屈地朝我看过来：“主人，你怎么又对我使用暴力？我的后脑勺都被你拍瘪了，要进行维修了。”

“维修？不用了，我想把你恢复出厂设置！”

我不客气地说。

这个时刻正是山上人最多的时候，我们又是在位置最好的观景台，所以马上就有人朝我们看过来。

有个满脸皱纹的老奶奶看到诺千熙可怜的样子，同情地说道：“小姑娘啊，男朋友做错了事也不能这么打他。两个人有什么矛盾好好地沟通就可以了，你这么打他要是把他打坏了，后悔的可是你啊……”

“我……我没有。”我的脸一下子变得滚烫起来，觉得很丢人。

于是，我丢下诺千熙自己逃走了。走到缆车乘坐点的时候，我才想起自己有恐高症，只好咽着口水停下来。

怎么办？现在去山下的车已经停运，只能坐缆车下山，不然我就只能选择走下去。徒步走到山下，起码得花三四个小时……

我站在原地发了一会儿呆，可突然来了一群游客，在我还没反应过来前，就把我挤进了缆车里。我被挤到缆车的一边，几乎趴在了玻璃上，就连转身都有点困难，这让我一下子就慌了。

随着缆车的启动，我的心脏好像被人攥紧了一般，呼吸都困难起来。我手脚冰冷，站在那里一动不动，眼睛也不敢往下看，就算入眼的都是夜晚的黑色，我也没有感觉轻松。

就在我感到绝望的时候，一双温暖的大手覆上了我的眼睛。

“没关系，放松呼吸。”低沉的声音从我身后传来，我好像一下子找到了依靠。我往后伸出手，拽住了一片衣角，手心也跟着暖和起来。

我深深地吸了一口气，小声地说：“谢谢。”

我身后的人一停，似乎没想到我会跟他说谢谢，然后他再没有说话，但是我感觉到他蒙着我的手一紧，然后放松下来。

我的背紧紧地贴着诺千熙，他的呼吸喷在我耳边，我们俩之间几乎没有距离，近得可以听见彼此的心跳声。

“咚。”

“咚。”

“咚。”

心每跳一下，我就紧张一分。这是从来没有过的感觉，就连遇见安楠的时候我都没有像现在这样。那种古怪暧昧的气氛，一直在我们之间蔓延。

“糖糖，我们以后只依赖彼此，好吗？”

诺千熙的声音又响起来。

我愣了一会儿，点了点头，用很轻很轻的声音回答：“好。”

只是简单的一个字，但是我感觉到了，我身后那个人在听到我的答案后好像松了一口气，一阵愉悦的气息从他身上散发出来。

我的心情也跟着好起来。

我一点都感觉不到周围的拥挤，我的世界好像只剩下眼前温润的触感，还有耳后淡淡的呼吸声。

诺千熙他有多么喜欢我、在乎我，我一直都知道。他总是对我强调，自己是为了我而存在的。我以前想要忽略这一点，甚至很讨厌他这么说。

可现在我忽然觉得，有了他，也不错。

第五章
心动是从告白开始的

CYGNUS
DEEP WHITE
YEARS

05

1

我们俩一路无话，直到缆车停下来只剩下我们两个人。

“糖糖，我们不下去吗？”

诺千熙的呼吸声从我耳后传来。

“下……下去啊。”

我像是从梦中惊醒，紧张地推开他，朝缆车外走去。

心脏剧烈跳动，我用力地捂住胸口，很怕诺千熙会听见我的心跳声，听见的话我就……

我会怎么样？

在我还没想清楚之前，我的脚被缆车外的台阶绊到，整个人猛地朝地面扑去，我吓得闭上了眼睛。

“啊——”

我的惊叫声还没结束，整个人就落入了一个温暖的怀抱。

“诺千熙，谢……”

我想当然地认为接住我的人是诺千熙，但想了想又觉得不对，诺千熙不是在我后面吗，他只是个复制人，难不成什么时候还有了超能力?

于是，我吃力地侧过头往右边看去，映入眼帘的脸和我做梦时见到的脸完美地重合在一起，我顿时惊慌起来。

“安……安楠，你怎么在这里？”

我一边说一边想要从他怀里爬起来。

“你还好吗？”他微微皱了皱眉，问我。

我现在的这个姿势太不美好了。电视剧里英雄救美的时候，女孩子都是用优雅如仙女般的姿势躺在男主角的怀里，眼睛还要跟男主角对视，那样才能产生爱的火花，两人才会一见钟情，再见倾心……可我现在就像只青蛙一样趴在安楠的臂弯里，为了能承受住我的重量，他用两只手臂揽住了我。

“我……”

安楠还想要跟我说什么，洛方婷学姐的声音就传了过来：“是我说要去山上看夜景，安楠才陪我来的！顾糖心你也太不要脸了，一而再再而三地窥视安楠也算了，现在竟然还对他投怀送抱？”

“我的人，不用你操心。”

诺千熙霸道的声音从身后传来，接着我就被另一双手抱了过去。我还没来得及反应，就转了一个圈依偎在了诺千熙身边。

诺千熙冷笑着看向洛方婷：“你看上的人，不要以为所有人都会喜欢。我家糖糖也是有眼光的，有我在，你凭什么认为她会喜欢那种人！”

“你……”

“诺千熙，你给我闭嘴！”

我在洛方婷发火前，忍不住推开了诺千熙，怒气冲冲地喊道：“谁要你给我出头了？你又有什么资格说安楠。我就是喜欢他，我从第一次见到他的时候起，就喜欢上他了。你才什么都不是，我永远都不会喜欢你！如果不是你一直赖在我身边不肯走，我连看你一眼都觉得难受……”

“你说什么？”

诺千熙蓝色的眸子随着我的话变得越来越深沉，到最后变成了深蓝色，就像深潭里的水，让人看不见潭底。

他一把握住我的手腕，盯着我的眼睛：“你再说一遍，你把刚才的话再说一遍！”

“诺千熙，你冷静点。糖糖，你刚刚说的……”

安楠走过来，一边劝解，一边将目光落到了我的脸上。他的眼里，有难以置信，也有一丝惊喜。

可是我没有太在意。而诺千熙也仿佛没有听见，他抓着我手的力道越来越大，直到我忍不住喊道：“你抓痛我了。”

他眼中的深色慢慢地散去，眼神恢复清明，终于放开我。

“你怎么了？”

我摸着疼痛的手腕，不敢再说刺激他的话，而是小心地看了他一眼问道：“是不是又切换到了恐怖模式？”

“糖糖，你告诉我我该怎么办？再这样下去我会发疯的。”

诺千熙突然莫名其妙地说了这么一句话，接着头也不回地拼命往前跑去。

“等等我！”

我愣了一下后，反应过来，跟安楠他们说道：“对不起，我们先走了。”然后朝诺千熙的方向追过去。

就算安楠学长近在眼前，我也没办法对诺千熙置之不理。

毕竟，他是因为我才来到这个世界的复制人，我得对他负责。

我跟安楠道别后就很快追了过去，但是，我完全跟不上诺千熙的速度，只不过一个转弯，他就消失在我的视野里。

“诺千熙，你到底跑去了哪里？”

我只好自己回了家，心想他又没地方去，最后还是会乖乖回来。

不过，出乎我的意料，直到凌晨两点诺千熙都没有回来。

我看着空荡荡的屋子，想着自己为了追他、找他、等他，晚饭都没有好好吃，心情也乱糟糟的，不想越来越生气，甚至赌气地想，走了就走了，最好以后都不要再回来！

第二天诺千熙依然没有回家，甚至连学校都没有来。

我歪着头，看着窗外紫藤树上的几朵小花发呆，然后又回头看了看那个空着的座位，担心起来。

诺千熙究竟跑去哪里了？

昨天我对他是不是真的太凶了？我不应该说那些话的，明知道诺千熙那么依赖我，我却对他说了那么残忍的话。虽然他脾气差了点，有时候也不太礼貌，但也没对我做很过分的事情啊。他还为我出头，而我却只是怕安楠误会就朝他生气……

以往诺千熙就是再闹脾气，也不会离家出走的。他会去哪里呢？在这个世界上，他认识的人也没有几个……

啊，我怎么把言言给忘记了？

想到这里，我赶紧拿出手机想给言言发条短信，没想到就在这个时候，手机发出“叮”的一声，收到了一条短信。

我看到是言言的短信后，松了一口气。

我就说嘛，诺千熙一定是去了言言那里，一个没有身份还特别挑剔的复制人能跑去哪里？

“你看到网上的照片了吗？不用担心，我会解决的。”

我点开短信之后，就看到了这样的内容，顿时有点茫然。

什么意思？

我抓了抓脑袋，这才发现寂静的教室里同学们都拿着手机在交头接耳，还有几个女生朝我这边看过来。

直觉告诉我，多半不会是什么好事。

于是，我上网查看网络点击排行热门榜，头条正是“诺曼家族神秘继承人照片曝光”的爆炸性新闻。

我愣了一下，一开始还没明白这跟我有什么关系，随后想到离家出走的诺千熙，顿时明白了——诺千熙用的正是言言哥哥的身份。

而言言的哥哥就是那个诺曼家族的神秘继承人，因为他从来没有在新闻上曝光过，我才在言言的劝说下心安理得地让诺千熙顶着他的身份上学的！

但是，如果现在他的照片曝光了……

我赶紧点开新闻链接，新闻上说，最初的照片是论坛上贴出来的，据说是几年前在某个私人宴会上拍到的。

我看了看照片，照片里的人虽然只有侧脸，但明显跟诺千熙长得不一样。而且论坛上还把以前的传言拿出来说，言言的哥哥，也就是真正的诺千熙出生时，右脸有一块胎记，那块胎记就像是一个骷髅头一样印在他的脸上，所以一直以来他右脸都戴着面具，没有人见过他的真面目……

当然帖子下面也有人质疑说，楼主你凭什么说这是诺千熙的照片，你说是就是啊，难道你是诺曼家族的人？

不过由于那个神秘的楼主发完照片就不见了，并且没有回答任何问题，最后就只剩下了各种猜测的跟帖。

等我想再刷新页面的时候，却发现链接不见了。

不是吧，这就是言言说的解决办法？

我看了一眼手机，再看看周围的同学，果然大家看到新闻链接不见的时候，脸上的表情更精彩了。

“我一开始也不相信照片是真的，不过现在看来就是真的，除了诺曼家族，谁有能力在这么短的时间内就撤销网上所有的新闻和照片……”

“如果照片是真的，那我们班的诺千熙就是假的了？”

“可是，诺言言亲口承认那是她哥哥啊……”

“会不会是私生子？”

“我看诺千熙总是跟着糖心，要不要问一下她？说不定他们之间有着什么不可告人的秘密。”

眼看着有几个八卦的女生朝这边看过来，我赶紧低下头，打算从教室后门溜出去。

可我撞上了一堵肉墙。

我以为是某个女生按捺不住拦住了我，马上摇头摆手地喊道：“我什么都不知道，我跟诺千熙一点关系都没有，你不要问我！”

“跟我一点关系都没有？你确定吗？”

诺千熙低沉又压抑的嗓音响起来。

我抬头看到诺千熙那张好像更水润的脸后，忘记了自己现在的处境，第一个反应就是质问他：“你昨天晚上跑去哪里了？你胆子越来越大了，竟然敢离家出走！”

我说完之后，就知道自己说错了话，赶紧捂住嘴巴。

我看了看周围同学的反应，大家好像并没有注意到我说的话，反而注意力全都集中在诺千熙身上，好像在盯着他的脸研究他到底是真的继承人还是假的继承人……

2

“你跟我走！”

我慌张地拉住诺千熙，往教室外面走去。

诺千熙这次倒是很配合我，没有耍脾气，跟着我一直走到了学校后门。这时，他才意识到我想带他离开学校，很不耐烦地甩开了我的手。

“你想带我去哪里？”

诺千熙的眉头深深地皱起来。

“当然是离开这里啊。”

现在可不是看诺千熙脸色的时候，我又伸手去拉他，却被他躲开了。我急躁地解释：“网上突然爆出了真正的诺千熙的照片，你赶快跟我走，你要是再顶着他的身份留在学校里，迟早会引来麻烦的……”

“我知道这件事情，你不用担心。”

诺千熙说道。

“你知道了？”

我愣了一下，看到他脸上那淡定的表情后，不由得有些恼怒，他到底知不知道事情的严重性啊？

算了，我都忘记他是一个复制人了，我跟他计较什么！还跟我说什么不用担心，他还真把自己当成诺千熙了？

“顾糖心，如果我告诉你……”

诺千熙突然开口似乎要说什么，可我这个时候焦急着呢，甚至都没注意到他对我的称呼都变了。

我打断诺千熙的话，拖着他就往近在咫尺的后门走去：“行了，我们赶紧走，你别又给我惹出什么麻烦来。我真是怕了你了。你说，我是不是倒了八辈子霉才遇到你这个祸害。如果时光可以倒流，我绝对不会踏进那家黑诊所半步……”

“糖糖，你是嫌弃我了吗，你是不是又想抛弃我？”

诺千熙的声调起了变化。

我心里一惊，想起诺千熙昨天的眼神，马上笑着对他说：“怎么会呢？我最喜欢你了，我不会丢下你的，不要乱想……”

为了表达对诺千熙的喜爱，我还踮起脚去摸了摸他的头发。

这是言言说的，经常对宠物的毛发进行抚摸俗称——“顺毛”，会让它们感觉到主人的爱意，这样它们就不会以为主人要抛弃它们了。

可是我忘了诺千熙不是一般的宠物，他是复制人，是高科技产品，他会自己思考还不依不饶。

“那主人为什么要赶我走？”

诺千熙的目光里带着一丝警惕，看得我想笑。

我拍了拍他拉着我的手，说：“我没有赶你走，我们是去避难啦，避难你懂不懂？你又不是真的诺千熙，到时候大家知道你假扮他，会问你的真实身份，还有你为什么要假扮他，你知不知道有多麻烦？最重要的是你假扮的这个人，他还是个不得了的人物，一般人你还可以掩饰过去，可是他不一样……”

“顾糖心，原来他不是诺千熙啊！”

就在这个时候，一个熟悉的女声响起来。

我惊恐地朝一边看过去，只见洛方婷手里拿着手机，笑着朝我们走过来。

她晃了晃手机，我看到屏幕停在录音的画面。

“不好意思，你们的对话我不小心全部录下来了，只要我通过学校广播公布这段录音，我想过不了多久，全校人都会知道这个诺千熙是假的……”

“你想干什么？你不要冲动。”

我像个保护者一般，站到诺千熙前面。

“哈哈，你怎么这么没有新意，这种电视剧里说烂了的台词亏你也说得出来。”

洛方婷鄙夷地看了我一眼，笑道："其实我是个善良的人，并不想制造什么新闻，只要你带着假冒的诺千熙转学，永远不要出现在安楠面前，我就不会公开录音，给你留个台阶下……"

"转学？"

我惊慌起来，皱着眉头看向她："学姐，我不明白你为什么要针对我？安楠并不喜欢我，甚至有点讨厌我，他现在跟你在一起了，我只不过是小心翼翼地躲在远处看他一眼，难道这都有罪吗？"

"你……"

洛方婷的脸色有些恐怖，她咬了咬牙说道："是，安楠他是我的，你不知道我有多喜欢他……你没有资格……你说得对，你看他一眼我都觉得恶心，都觉得你有罪！"

"这个女人是不是疯了？"

诺千熙嫌弃地看了看洛方婷，一边拉着我的手向前走，一边朝她挥了挥手："疯女人，你还是自己先去看看心理医生吧，执着也是一种病。我和糖糖的事你最好少管，不然你会后悔的……"

"喂，你放开我，她手里有录音你不知道吗？"

"不用去管。"

"你是不是切换到了无知模式，这么严重的事情怎么可以不管？"

"你相信我。"

“我相信你才有鬼。”

不管我怎么说，诺千熙都不肯放开我的手，我只能看着学校离我们越来越远，洛方婷气急败坏的样子渐渐消失在我们的视线里。

虽然不知道洛方婷为什么要一直针对我，但我想到她手中的录音，还有校园里越来越离谱的传闻，心情很郁闷。那些同学不敢在诺千熙面前说，却总对着我指指点点，不客气的还会直接跑到我前面来质问……

什么嘛，不就是觉得我好欺负嘛！

可能是因为心虚，我也不敢理直气壮地反驳回去。

这样下去不行，我还不如像洛方婷说的那样早点转学，带着黑户诺千熙离开这里。

我暗自做了决定，可一转过头去，却发现诺千熙不在座位上。

对了，一大早他就跟我说自己要出门去办点事情，我当时眼睛还没睁开，也没听清楚他在说什么，以为他先来了学校。

难道他没来吗？

我急忙放下书包，朝教室外面走去，想找找诺千熙，看他是不是去了南宫月或者言言班上。

当我心事重重地沿着走廊走的时候，突然听到楼下传来喧闹声，还有车子的声音。

谁这么大胆把车开到教学楼前面来了？

我趴在走廊的栏杆上，朝下面看去。

这不看不要紧，一看吓了我一大跳，我差点没从栏杆上翻下去。

一辆流线型的黑色豪华轿车停在了教学楼下，如果我没有看错的话，车子前面那个狮子状的标志正是之前言言拿给我看过的，那是诺曼家族的标志。言言告诉过我，只有诺曼家族的车才嵌上那个标志……

不过光是这样不足以吓到我，吓到我的是，我看到诺千熙从车里走下来，脸上还戴了一副墨镜，好像在告诉全校的人——快来看我！

我感觉自己背后有火焰在燃烧。

诺千熙，这车子该不会又是他从哪里租来的吧？

“不是说这个诺千熙是假扮的吗？可是他能坐着诺曼家族的车来学校，是不是表明他是真的？”

“难道不会是故意租的车，再挂上诺曼家族的标志吗？”

“你以为诺曼家族的标志是谁都敢仿造的吗？要是被查出来，到时候诺曼家族的律师团都能把他告到破产！”

……

不是租来的？

我的怒气稍微平息了一点，因为我想到了言言发给我的短信，这辆车子说不定是言言让人开来学校的。

不过就是为了证明一下诺千熙的身份，居然用了这种方法，太豪气了！

我刚这么想，楼下的诺千熙马上就做出了更豪气的事，只见他打了一个响指，后备厢打开来，里面铺满了玫瑰。

我突然有了不好的预感，连忙捂住了自己的脸。

“顾糖心。”

可是，诺千熙不放过我，他竟然戴了小型麦克风，突然指着二楼我所在的方向大声说道：“对，没错，说的就是你站在二楼捂着脸还打算逃跑的那个女生。麻烦二楼的同学们帮帮忙，让她站在那里不要动，因为我不想我的告白没有女主角！”

“诺千熙，你敢说试试！”

我气得放下了捂脸的手，也不跑了。

“我当然敢说！”

诺千熙让围观群众帮忙堵住我后，很快就来到了楼上站在我的面前。

诺千熙朝我绅士地弯了弯腰后，又吻了吻我的手背，深情款款地抬头看向我：“糖糖，我喜欢你。我说过我是为了你才来到这个世界上的，我的存在就是为了让你喜欢上我，我会用自己一切努力让你喜欢上我，只看着我，再也看不到其他人。当那一天到来时，我就会为你卸下所有的伪装，成为你一个人的诺千熙……”

这让人心动的话语，不管是哪个女孩子听了都会感动，我听到周围的女生都在尖叫，好像诺千熙是在对她们告白一样。

“哇！好浪漫！”

“诺千熙在告白呢！为什么他的告白对象不是我……”

“天啊！没想到我有生之年能看见身边发生如同偶像剧的场景！太棒了……”

……

周围人的声音不断传入我的耳里。我的心跳在飞速加快，在听过诺千熙那么多甜言蜜语后，我以为我不会再感动，可是，心跳骗不了人！

我用力地捂住胸口，看了诺千熙一眼。

最后，在他的注视下，我猛地退了一步，飞快地逃跑了。

我一边跑一边不停地对自己说：“不可以喜欢他……不对，不是不可以，而是你喜欢的人是安楠，才不是那个复制人。如果说喜欢安楠注定是个悲剧的话，喜欢上连人类都不是的诺千熙，那就是人间惨剧了！”

3

不得不说，诺千熙的告白完美地解决了照片的问题。人们好像都是这样，只要有了转移视线的话题，大家就像失忆一样，一点都不记得刚刚还在说的事情。

而我的世界有了诺千熙以后，同学们把之前对我的评价都忘得一干二净。因为诺千熙的告白，我现在在他们眼中就是个幸运的女生，被所有人羡慕嫉恨着……

夏天就这样到来，我的烦恼多了许多，我要的幸福却迟迟不见，安楠离我还是那么远……

蓊蓊郁郁的大树下，阳光从树叶缝隙里落下来，突然出现的移动黑板前聚集了很多人，我也在其中，我可是挤了半天才挤进去。

我以前可没有这么积极，但自从黑户诺千熙来到学校后，我真是一点也不敢落下学校出现的任何消息。

可是，我挤进去看到黑板上贴着的那张白纸上的一行字后，就没有心情再看下去了。

“我会在下午五点准时公布录音，如果你能做出正确的选择，对你对我都好。”

我不用想都知道这警告式的公告是谁贴的。

其他同学却兴致勃勃地议论起来，不停地猜测着。

“你们说说看，这录音里有什么？”

“听说大家都不知道这公告是谁贴的，不管是什么，肯定是爆炸性新闻。”

“不会是我们学校有幽灵，录音里是幽灵的声音吧？”

“你别吓人！还幽灵呢，你怎么不说学校里有外星人？”

……

对话内容听得我心惊肉跳，我从人群里挤出来后心虚得直冒冷汗。

突然，有人从后面拍了一下我的肩膀。

我吓得大叫：“啊，我什么都不知道。”

“哈哈哈。”

我身后传来大笑声，是言言。她故意把手指头慢慢地从我的肩膀移向我的脖子，恶作剧地说道：“赶快把你知道的全说出来，不然我就带你走……”

我无奈地回过头，摸了摸胸口，抱怨地看着言言，喊道：“言言，你干什么躲到我身后啊，你不知道人吓人真的会吓死人吗？”

“我才没有要吓你呢。”

言言翻了一个白眼，指了指树下的人群说：“你从那边挤出来的时候，我就站在你旁边，可你都没看到我……”

“对不起啊。”

我连忙跟她道歉。

但是言言可不吃我这一套，马上就问道：“你快告诉我，那群人到底在看什么，看得那么起劲？”

“你自己去看啊。”

我不打算告诉言言录音的事，她已经帮了我很多的忙，这一次我不想再把她卷进来。

我要自己面对，大不了我去求洛方婷学姐。她只是不喜欢我接近安楠学长，如果我答应了她，以后都不见安楠学长，看见他就躲得远远的……

可是我真的能做到吗？

一看到安楠学长，我就忍不住想要去接近他。我每次都想要抑制自己的感情，但到最后都会失败。所以我干脆放任自己，决定跟他表白，哪知道会出现那样的情况，让他讨厌起我来，之后一次比一次糟糕……

“我可不想挤进去看，我最讨厌一堆人挤在一起了。”

言言嫌弃地看了看人群后，拉着我的手腕说：“对了，哥哥说下午想去百货商店给你买衣服，他不知道你喜欢什么样的，所以我就先来打听一下再告诉他，你不要告诉他我告诉过你他的计划……”

“等一下，他哪来的钱？”

言言的绕口令可没有把我弄糊涂，我一下子抓住了重点。

“糖心。”

言言突然一脸严肃，鼓着腮帮子说：“你不要总是谈钱嘛，谈钱多伤感情。你应该像别的女孩子一样，很开心地接受哥哥的好意，然后给他一个爱的抱抱，感谢他并且回应他的感情……”

“你越说越离谱了。”

我也一脸严肃地纠正言言："你最近叫诺千熙哥哥叫顺口了，是不是忘了他只是一个黑户？他竟然还敢每天用你的钱来追女孩子，最要不得的是，那个女孩子还是我！"

"哈哈，原来糖心你知道哥哥在追你啊？"

言言大笑起来。

我给了她一个白眼，拉着她往教室走："我怎么不知道，诺千熙自从上次用你哥哥的身份搞了一次告白后，估计是上瘾了，一直处在完美情人模式恢复不过来。你知道我每天面对着深情款款的诺千熙，有多么难过吗？我怕我哪天真的把持不住，爱上他就糟糕了……"

"怎么会糟糕，你喜欢上哥哥不好吗？"

"哪里好了！"

我停下脚步，故作认真地说："跨越种族的爱注定会以悲剧结尾。"

"哈哈哈。"

言言突然蹲下去，笑得花枝乱颤："哥哥听到你的话，估计会气得想让时间倒流！"

我搞不懂言言在笑什么，不过当我看到不远处走来的两个人时，赶紧把言言拉到一边的柱子后面躲起来。

"你真的要公布录音？"安楠的声音里带着一丝怒气，"你知不知道这样会带来什么后果？"

录音？

我偷偷地伸出脑袋，看到安楠学长抓住了洛方婷的手臂，而洛方婷用力挣扎着。

“什么后果？”

洛方婷有些歇斯底里，声音尖锐：“那你呢，你考虑过我的感受吗？你知道你昨天亲口跟我说你喜欢的人是顾糖心时，我的心有多痛吗？我只不过也想要有人分享一下我的痛，不可以吗？”

“我们两个人的事，不要牵扯到别人。”

“别人？你说的别人是那个叫顾糖心的小丫头吗？她到底哪里好了，平凡到丢进人堆里都找不出来。如果别人知道我输给了那么平凡的一个小丫头，我洛方婷还有什么面子？我丢不起这个人！”

“你不要这样！”

“我怎么了？是，我是很早就知道顾糖心喜欢你，我要把所有可能接近你的女生的感情都扼杀在摇篮里。可我没有想到，顾糖心竟然有勇气找你告白，幸好她失败了，还不小心撕烂了你的衣服。我以为你会从此讨厌她，却没想到你反而注意到了她，还想邀请她做你的舞伴、跟她表白。所以我才故意找了声音跟顾糖心差不多的女生，发了语音拒绝你，说她现在喜欢更受欢迎的诺千熙，并且奚落了你一顿，让你对她产生误会……”

我听到这里，受不了突如其来的冲击，大脑一片空白。

这时，言言却猛地冲了出去。她似乎很生气，指着洛方婷喊道："以前我以为只有电视剧里才会出现那种蛇蝎美人，没想到现实中真的有你这种人。我最讨厌打着喜欢别人的口号，故意去破坏两个互相喜欢的人的坏女人了！你以为只要喜欢就可以得到爱吗？他永远不会喜欢你的，你只会后悔，只会比现在痛苦一万倍……"

言言说到后面越来越激动，脸红彤彤的，像是夕阳落下后那片灿烂的火烧云。

"言言，你怎么了？你冷静点！"

我跟着跑了出去，生怕她会对洛方婷动手。

我可是从南宫月那里听说了，言言不只是钢琴弹得好，跆拳道、合气道，各种武术都是高手，据说以前练习是为了对付南宫月，现在……

要是她出手，估计洛方婷就这么废了。

如果这时候我还不知道原来安楠是喜欢我的，我就是个白痴了！

我跟他之间错过了那么多次，产生了那么多误会，一切都像是命运一样，让我们到不了彼此身边。

可奇怪的是，我听到事情真相，知道安楠喜欢我之后，心里好像只是悸动了一下就没了感觉。

不对，我不应该是这样的。

这个时候我不应该是欢呼雀跃的吗？我应该泪流满面，走到安楠面前看着他问："你也喜欢我，这是真的吗？"

然后他会点头。

再然后，我们会紧紧地抱在一起，就像所有童话故事的结尾，王子和公主经过重重困难，最后幸福地生活在一起。

难道是因为比我还激动的言言突兀地冲出来，才会有了这样的发展？

我也不知道自己在想什么，我不敢跟安楠的眼神接触，我好怕看到他的目光，如果那目光是饱含情感的，我该怎么回应他？

到底是哪个环节出了问题？

“诺言言？”

洛方婷也被言言突如其来的怒气吓到了，她皱着眉头看了看我，又看了看言言，然后竟然说道：“我说诺千熙假冒的身份是怎么骗过学校的，原来是我把你给忘记了。只有你有手段做这些。不过我倒是想问问你，你把一个陌生人当作你哥哥，你哥哥就不会觉得难过吗？如果你哥哥知道了，你觉得他会怎么想？”

“我哥哥怎么想，就不用你操心了，操心也没用。”

言言渐渐平静下来，不再像刚才那么怒气冲冲，不过她似乎一点都不喜欢洛方婷，说话的语气也很不客气：“反正我哥哥一点也不在意这件事！我告诉你，你要是敢公开那段录音，最后不愉快的肯定是你……”

“是吗？”

洛方婷毫不示弱地看着言言，针锋相对地说道：“我看那个传言是真的，诺言言你在诺曼家族实际上一点地位都没有……”

“安楠，我劝你管好你的女朋友！”

一个懒散却动听的声音传过来。

我和言言不由得循声看过去，只见诺千熙和南宫月并排朝我们走过来。两个都是清风霁月般的美男，在阳光下闪闪发光，好像画卷一般。

如果说南宫月的美在于他亦正亦邪的气质，那诺千熙更像是上帝完美的作品，他的美带有侵略性……

诺千熙炙热的目光，从他出现开始，就一直朝我看过来，我想躲都躲不掉。

他这几天都是这副德行，我用一只手蒙住眼睛只当没看到，拉住言言往一边走：“对不起，安楠学长，我们先走了。”

“你想跑去哪里？”

还没走出几步，我就被诺千熙截住拉了回去。

他顺手将言言拉开，推给了南宫月：“把她带走，一天到晚就知道坏事，这几天不要让我看到她。”

我默默地看向言言。

其实，这句话才是我这几天以来最想要说的！

等……等等！

话说诺千熙每次跟言言说话都颐指气使的，难道他潜意识里真的把自己当成言言的哥哥了？

我决定改变他这个坏习惯，便教训道："诺千熙，你以后跟言言说话注意点，再怎么说你都不是……"

我刚要说"你都不是言言的哥哥"，余光突然瞟到了洛方婷，差点忘了还有一个掌握着录音，说要曝光诺千熙身份的人在现场！

我要是再说错话，她又录音了怎么办？

"再怎么说你都不能对妹妹这个样子啊，哥哥对妹妹，应该要轻声细语、体贴照顾才对，你说我说得对不对？"

我对着诺千熙使眼色，只要他敢说不，看我不把他……好像也不能怎么样！

"轻声细语、体贴照顾……"

诺千熙没有理会我的眼色，反而念着这八个字，朝言言看过去。

言言像是被吓到了，赶紧摇头："不……不用，我喜欢哥哥现在这样，哥哥怎么对我我都很开心！"

"言言，你意志怎么能这么不坚定，你怕他干什么？"

我恨铁不成钢地说道。

"诺千熙，你不要吓言言。"

南宫月竟然帮言言说话，这是我没有想到的。

这不，言言一听就不乐意了，马上跟他掐了起来："我哥哥吓没吓到我，跟你有什么关系？狗拿耗子多管闲事！"

就在我们几个人吵吵闹闹的时候，一个声音插了进来："对不起，我和婷婷先走了！”

我伸出去要拉言言的手停在了半空中。

“糖心，你放心，我会说服婷婷，她不会把录音公布出去的。”

安楠的声音又一次响起。

“谢谢。”

我还是不敢去看安楠的眼睛，低着头脑袋差点埋进诺千熙的怀里。

虽然我知道自己现在的做法不对，但我就是没有勇气去面对他，我甚至在想，可不可以当作刚才什么都没听到……

“你凭什么说服我？安楠，你看到没有，她看都没看你一眼，你就死心吧，她已经不喜欢你了……”

洛方婷的声音越来越远，最后消失。

这时候，我头顶传来闷闷的笑声：“你想在我怀里躲到什么时候？虽然我一点也不介意，但是我怕你会缺氧而死……”

第六章 失去价值就会毁灭

CYGNUS
DEEP WHITE
YEARS

06

1

“我才没有，我只是为了不让安楠看到我……”

我从诺千熙的怀里离开，脸还在发热，说话的时候什么都没想，直接把心里话说了出来。

然后，我感觉到周围刮起了一阵冷风。

言言拉了拉我的衣角，偷偷地指了指诺千熙。

“怎么了？”

我朝诺千熙看过去，只见他的脸上挂着“宝宝不开心”的神色，深邃的蓝色眸子里似乎泛着幽光，我马上意识到刚才的冷风到底是从哪里吹来的了……

可这个时候我想的都是安楠刚才说的话，虽然我不知道是哪根筋搭错了不敢跟他对视，甚至都不敢回应他，还想要忽视他的话，但我现在有点后悔了，安楠可是我的梦想，而刚刚我明明离他那么近……

我一定是害羞了！

我为自己找着借口，心里忽上忽下失了神。

可是，诺千熙不愿意了，他突然又一把将我拉回了他的怀里，抬起我的下巴，用他那泛着幽光的眼睛看着我：“糖糖，你现在是不是很开心？因为你知道了那个人也喜欢着你，所以你的心又开始不受控制地偏向他了……”

我很不喜欢诺千熙这样的眼神，那让我感到害怕，我拍开他捏着我下巴的手：“什么叫又偏向他了？我一直都喜欢他！”

对，不管我刚才是什么反应，我都是喜欢安楠的，我可能只是被巨大的喜悦冲昏了头脑，一时间没有反应过来，才不敢回应安楠，毕竟刚才的情况也不适合做出任何回应……

“糖心，你就别嘴硬了。”

言言突然咯咯地笑起来，笑声里还带着打趣的意味：“那你刚才为什么都不敢看他呢？我看你啊，是害怕跟他对视的时候，不知道该怎么回应他吧？你该不会是喜欢上了别人，所以才……”

说完，言言看了看诺千熙。

言言的话很大程度上取悦了诺千熙，他眼里的阴翳马上就像是风雨骤散，一下子消失了。

“我才没有呢！”

我抽了一下嘴角，拉着言言就跑：“我不想看到他们，我们俩一起去买冰激凌吃！”

接下来的几天，洛方婷并没有公布录音。我想安楠肯定跟她说了什么，才让她打消了念头。

我一想到安楠，就忍不住对诺千熙充满了怨念。因为自从那天我知道了安楠也喜欢我后，诺千熙就好像故意要给我贴上“诺千熙喜欢的人”的标签，我走到哪里他都会跟着我，让我连跟安楠说句话的机会都没有。

于是，我开始不停找他的碴，来发泄心中的不满。

食堂里。

“糖糖，我的荷包蛋给你。我这个煎得刚刚好，五分熟，你咬一口里面的蛋黄就会流出来，你不是最喜欢吃这种了嘛……”

诺千熙将他盘子里的荷包蛋夹给我。

我冷眼看了看荷包蛋，用筷子一戳，里面的蛋黄一下子全流了出来，我冷冷地说道：“这种没有熟的蛋黄，你知道里面有多少细菌吗？你是想让我吃了之后得病吗？我一点也不喜欢吃！”

说完我就扔掉筷子生气地走了。

诺千熙跟在我后面，见我加快脚步，也快跑了几步，走到我身边，用高大的身体为我挡住了正午毒辣的太阳。

如果在平时，我一定感觉很舒坦，说不定还会挽着他的胳膊，躲到他身边。

可现在我看他十分不顺眼，所以挑剔地看了他一眼说：“你干什么把我的阳光都给挡住，我想要晒太阳！”

“你？”

诺千熙皱了皱眉头，看样子像是要发火，可下一秒他只是对着我一笑：“好，我走你左边。”

他很乖地移到了我的左边。

“我讨厌有人走在我的旁边，你到后面去！”我又故意说道。

诺千熙什么也没有说，往后退了一步。

他一离开，我就感觉到了阳光的炙热，那毒辣的光芒落在我右脸上，我感觉自己的右脸像是被人打了一巴掌，生生地痛。

我伸手想要去挡阳光，可想到身后的诺千熙，又放下了手。

呜呜，早知道刚才就不逞能了！

就这样，我雄赳赳地迈着步伐，一路顶着正午的阳光从食堂走到了教室，我也不知道是在和自己赌气，还是在和诺千熙赌气。

就这样，我一连跟诺千熙赌了几天气。不管是我故意挑刺，还是给他找不顺畅，他都没有任何怨言地忍了下来，让着我，每天跟个二十四孝男友一样，把完美情人的模式进行到底，也没有随意再切换其他模式，好得我都不忍心再继续这么对他了。

“你去洗碗，再把饭桌也收拾了。”

吃完饭后，我很随意地交代了诺千熙，就潇洒地回了自己房间。

反正这几天他听话得很，我不利用一下这个绝好的机会怎么行，所以我吩咐他的时候，一点都不觉得心虚。

回到房间后，我拿出手机，意外地发现收到了一条短信，竟然是音乐社发过来的，说是上次社团招新的时候我填了表，却没有去，音乐社在查漏的时候发现了我，希望我能够再去参加一次社团选拔。

我看到短信后，下意识地往门外望去，发现诺千熙正穿着布满桃心的粉红色围裙在洗碗，这才放下心来。

选拔时间是明天下午放学后，这是最后一次机会，如果我进入音乐社，就可以跟安楠接触，还可以跟他解释我跟诺千熙的关系并不是大家说的那样。

唯一的阻碍就是——诺千熙！

我要怎么才能甩开他，自己去参加社团选拔呢？

我拿着手机在床上翻滚了几圈后，想到了言言，脑海里不由得浮现出了一个绝妙的计划。

2

第二天下午，我故意去找言言，诺千熙自然也跟了过来。

“言言，你昨天说有一件很重要的事要跟我说，是什么啊？”

我装作好奇地拉住言言的手。

言言似乎很忐忑，她小心地看了一眼诺千熙，咽了咽口水说：“你上次说你最喜欢的那家老爷爷、老奶奶开的炸香蕉奶串，他们又营业了，听说今天下午五点半开始，估计到时候人会很多，我们要早点去排队才买得到……”

“真的吗？真的吗？”

我连续说了两次来表达自己内心的喜悦，拉着言言又蹦又跳，马上又苦着脸说：“可是我放学后还要帮化学老师准备明天的实验用具，如果去晚了肯定排不了队。老爷爷、老奶奶的规矩是，一个人限买两串，你又不能帮我代买……”

“糖糖，我帮你去排队！”

诺千熙听后，举起了手，一脸求表扬的神情。

我见他中计了，内心高兴得不得了，但是又不能表现出来，所以只是淡淡地瞥了他一眼说：“你给我去排队？”

“是啊，糖糖想要什么，我都给你买来。”

诺千熙点点头，眼睛亮闪闪的。

而站在我身边的言言却不自在地拉了拉我的衣袖，小声地在我耳边说：“糖心，我们这么骗哥哥，被他知道了不好吧？”

“有什么不好的。”

我故意给她使了一个眼色，大声说：“有什么不好的，你跟诺千熙先去排队，等我忙完了就去找你们！”

事情进行得很顺利，放学后言言跟诺千熙先走了，我则跟化学老师请了假，说自己有重要的事要去做。

然后，我就去了音乐社的活动室。

活动室里已经有好几个人在等待了，因为能进音乐社的确是一件不容易的事情，所以那几个人还带了自己擅长的乐器，打算等一下展示自己的才能。

我进去的时候，他们都朝我看了过来。

一个留着齐腰长发的小个子女生看到我什么都没有带后，眼睛里流露出轻蔑的神色：“你有擅长的乐器吗，怎么什么都没有准备？”

“我……”

我尴尬地看了看她手上拿着的小提琴，张了张嘴说：“我擅长的是声乐，我会唱歌。”

其实，我当初报名加入音乐社，完全是为了安楠，并没有想太多，现在突然被人呛声，自己都觉得心虚。

就在这个时候，有人推门进来了。

是两个女生和一个男生。领头的女生我认识，言言曾说过，她弹钢琴很有天赋，曾经跟言言一起报考过维也纳音乐学院，只是当时她太紧张出了差错，没有被录取。她是音乐社的社长，很多人想加入音乐社也是因为她。

男生自然就是安楠了，他是副社长。安楠从进门的那一刻起，目光就一直停留在我身上。

我感觉自己的耳朵都开始发烫。

我早该想到音乐社的选拔他一定会出现的，我又什么都不会，这不是要在他面前丢脸吗？

三个人在摆好的桌子前面坐下后，社长就笑着开口说：“本来音乐社的选拔已经结束了，但是副社长提议，我们音乐社应该多招一些会员，为明年的音乐大赛做准备，所以才有了这一次的选拔。这是最后一次机会，我希望你们不要错过……”

原来是安楠提议的啊！

我的心里有一个奇怪的想法，我觉得安楠是为了我才故意提出这个本不应该存在的选拔……

“下一个，顾糖心！”

我正在发呆，突然听到了自己的名字，不由自主地举起手来：“有！”

“扑哧……”

我听到了大家的笑声。

站在一边的小个子女生嘲笑出声：“什么嘛，她以为自己是小学生啊，还举手呢，真是可笑！”

我的脸一片燥热。

“这位同学，你不用那么紧张。”

安楠微笑地看着我。

我的心又是一阵急速跳动，我慢腾腾地走到他们面前，小声地说：“我不会乐器，但我会唱歌，我可以唱一段试试吗？”

“没有关系。”

安楠抢在社长前面开了口，他的声音温柔又让人安心：“我们音乐社会各种乐器的同学很多，声乐演唱方面的人却很欠缺，如果你会唱歌的话，再好不过了。”

虽然安楠这么说，但说到唱歌，其实我会的歌曲真的不多，很多歌我也只会哼唱旋律，歌词都记不住，唯一唱得好的只有教会的歌……那是因为以前爸妈经常带我去教会，在教堂里听教会的人唱歌听多了，我自然就会了。

见我一直不开口，小个子女生又说话了：“我看她连歌都不会唱，还是不要浪费时间，早点走人吧！”

我不能放弃，如果我放弃了就见不到安楠了，于是我用力地捏了捏拳头，开口唱了起来——

天赐恩典，如此甘甜

我罪竟已得赦免

我曾迷途，而今知返

盲眼今又得重见

神之恩典，教我敬畏

使我心灵更释然

归信伊始，即蒙恩惠

如何能够不称颂

历尽艰险，饱受磨难

我今安然得度过

蒙此恩典，赐我平安

引我终究归家园

人生在世，已逾千年

圣恩光芒照万丈

齐聚吟颂，神之恩典

从今万世永流传

……

唱完之后，我发现大家都安静了下来。我以为是自己唱得实在太难听了，以至于大家都震惊得说不出话来了。

“对不起，我知道我不可以，我还是……”

我连忙弯腰跟大家道歉。

可是我还没有说完，社长就鼓起掌来，她笑着说：“顾糖心，没想到你唱歌这么好听，我刚才还以为自己听到了天使的歌声呢……”

“没错，糖心你太让我惊讶了。”

安楠看向我的目光赞赏中又带着一丝深情，还不顾这么多人在场叫了我的名字，这让我飘飘然起来。

小时候，一些叔叔阿姨也经常夸我唱歌好听，那时候爸妈经常会让我在大家面前唱歌，可长大后，我好像渐渐地不爱唱歌了，这次还是因为安楠，我才有了勇气，听到他的夸奖跟听到别人的夸奖，感觉完全不一样……

我觉得自己仿佛置身于天堂，而他正是那个只是说了一句话就能让我感到快乐的天使。

等大家都表演结束后，社长公布了录取结果，我也在其中。

“糖心，等一下！”

在我要走的时候，安楠叫住了我。

我回过头，看到安楠朝我走过来，不由得低下头去，小声地问：“安楠学长，你找我有什么事？”

“我们一起走走可以吗？”

他走到我面前，用期待的语气问道。

“好啊。”

我点了点头，眼睛却看着自己的脚尖。

然后我们两个就并排下了楼，在校园里漫无目的地走着。

“糖心，那天……那天的事情我真的很抱歉，我没有想到你会在那里，方婷她又说出那些伤害你的话，我……”

安楠学长突然停下来，抓住了我的手。

我被他这突如其来的动作吓到了，反射性地甩开了他的手。等反应过来的时候，我恨不得时光倒流。

哎呀，顾糖心你说你甩开安楠的手干什么，你不是对人家觊觎已久吗，这个时候安楠都主动了，你装什么装啊！

“对不起，我刚才不是故意的，我其实对学长你……”

我急忙解释。

可是已经晚了，安楠学长朝我露出一个“我都了解”的表情，苦笑一声说：“该说对不起的是我才对，我知道你已经不喜欢我了，你喜欢的是诺千熙，对吗？这都是因为我自己的懦弱，我在感情上面太没有自信，所以才会造成那么多的误会，错过了你那么多次，让你对我失去了信心……”

“我没有，学长，我没有喜欢诺千熙，我还是喜欢……”

我顾不上矜持，急忙握住了安楠的手，生怕他跑掉。

但是，我到嘴边的告白还没有说出口，就被一个声音打断。

“顾糖心，你喜欢的是谁？”

这个声音犹如一道惊雷，在我的耳边响起。

我握着安楠的手颤抖了一下后，就吓得松开来，接着我被一股巨大的力量拉了过去撞在墙上。

两只手臂伸过来，我被诺千熙卡在了墙与他之间，他几乎是贴着我的身体站在我面前。

“你干什么？”

我感觉到了危机，下意识地寻求安全感。我想要往安楠那边看过去，却被诺千熙一把捏住了下巴，固定住头颅。

“你竟然为了见他而骗我？”

诺千熙的眼神里闪着一种叫嫉妒的情绪，他低沉的声音里也充满了威胁：“顾糖心，你只能看着我，只能喜欢我，知道吗？”

我一时间被吓得呆若木鸡，竟然不由得点了点头。

然后，我看见诺千熙的脸在我眼前放大，他的身体朝我压过来，他的吻落在了我的嘴唇上……

“哥哥，你不要这样……”

言言细弱的声音让我回过神来。

安楠也突然冲了过来，他的力气很大，用力地拉开诺千熙后，还狠狠地给了他一拳：“诺千熙，你放开她！”

“你敢打我？”

诺千熙反应过来后，也不甘示弱地回了安楠一拳。

两个人纠缠在一起，直到保安跑过来将他们分开。

整个过程中，我都处在一种呆滞的状态。我下意识地伸手摸了摸自己的唇，脑海里一直回放着刚才的画面。

在诺千熙的威胁下，为什么我会点头？

因为我感觉到了威胁？因为诺千熙那个时候的目光真的很恐怖？因为我竟然有一点点的迷惑……不对，归根结底，我还是胆小啊！

3

作为主人，被自己定制的完美伙伴给威胁了，我觉得自己的自尊心受到了侮辱，所以我连续好几天对诺千熙使用了冷暴力。

不管他说什么，切换什么模式，我都不理他，让他一个人在那里自言自语，反正他每次切换模式的时候也从来没有经过我的同意！

可是我没有想到，复制人是没有脸皮的，他随时都可以上演一场让人跌破眼镜的大戏。

“糖糖，对不起，我错了！”

诺千熙抱住我的大腿，像个小孩子一样撒娇。

“你给我起来！”

我看到有几个大妈闪亮的目光陆续朝这边看过来，她们最感兴趣的就是能在无聊的生活里找到乐趣。为了不引起她们的兴趣，我把诺千熙拉了起来。

可诺千熙还是不肯放弃，他转而拉住我的手，用十分引人同情的语调喊道：“在这个世界上我就只剩下你一个亲人，我只是怕你被那个男人骗走不要我了，我才那么做的。我知道我跟你们正常人类不一样，我不会说谎只会直接表达自己的情绪，如果你生气就打我吧，但千万不要丢掉我……”

这下大妈们都围了过来。

一个穿着大红色上衣，手里拿着黑色塑料袋的大妈眼眶都红了，看着诺千熙说：“可怜的孩子，长得高高帅帅的，没想到是个傻子。你这个做姐姐的也太没有良心了，怎么能为了男人就抛弃弟弟呢……”

“大妈，他不是我弟弟！”

我拉开诺千熙的手，却又被他抓住了手臂。

“我说，小姑娘你可不要说谎，我可是每天都在这里看见你们两个进进出出的，你可不要忽悠大妈……”

“你弟弟虽然是个傻子，但毕竟是你的家人。你弟弟说他只有你一个家人了，就是说你们的爸爸妈妈都不在了吧？那你这个做姐姐的更要承担起责任来，怎么能把他丢掉呢？”

“是啊，两个人在一起就好好过日子吧，不要因为外人就放弃跟自己最亲的人，知道吗，小姑娘？”

……

大妈们你一言我一语的，我实在招架不住只能暂时投降。

我猛地抱住诺千熙，在他肩膀上重重地拍了一巴掌，带着哭腔喊道：“我的傻弟弟啊，姐姐对不起你，你放心吧，姐姐不会丢掉你的。以后只要有姐姐一口饭吃，就有你一口饭，我们俩要相依为命好好过下去……”

虽然我不像诺千熙那样会自动切换模式，但因为长年被家庭剧荼毒，分分钟就化身为影后。

我一边假哭，一边还拿手用力地拍打诺千熙。就当是报仇了，谁让他不合时宜地在这种场合给我添堵呢！

“真感人！”

“林玲她妈，我眼泪都快流下来了。”

“比昨天我看的那部《妈妈再爱我一次》还要感人，那里面的姐弟俩也跟这两个差不多，小小年纪死了妈，爸爸又娶了一个后妈回来。后妈天天打他们，他们没有办法就从家里逃了出去，到处流浪。后来那个姐姐遇到了一个好男人，但是弟弟偏偏又患了白血病……”

“我也看了，那个弟弟最可怜了。那个姐姐为了给弟弟治病，离开了那个好男人，嫁给另外一个坏男人后就死了！”

……

几个大妈说着说着，眼泪都流了下来。

我趁着她们沉浸在电视剧剧情里的时候，拖着诺千熙赶快离开了这个是非之地，我可不想再被大妈们议论下去。

我本来是去菜市场买菜的，被诺千熙这么一闹，菜也没买我们就回了家，然后晚餐就变成了吃泡面。

“糖糖，我不喜欢吃这个。”

诺千熙看了我一眼，小声地说。

我吃了一口泡面，实在没有忍住，把筷子往桌上一摔：“那你还想吃什么？如果不是你在菜市场那么闹，我们用得着吃泡面吗？”

“我们可以去超市啊。”

诺千熙直勾勾地朝我看过来，好像突然明白了什么。

我的怒火顿时又上来了，难不成这家伙以为我是因为不能去菜市场只能吃泡面所以才憋着气的吗？

我怒瞪着他：“超市里的菜又贵又不新鲜，哪里有菜市场的菜好，你是不是又想去那里买零食吃？”

“你怎么知道？”

诺千熙朝我露出“你怎么那么了解我”的惊喜目光。

“只会吃吃喝喝乱花钱，丢又丢不掉，一点用都没有还老是惹我生气，我再理你，我就跟你姓！”

不对，诺千熙的姓还是言言给他的。

总之我的意思就是跟他说话简直是自己找罪受。

接二连三地受到心灵暴击后，我不打算再跟他说话，低下头吃我的泡面，他说什么我都装作没听见。

没过一会儿，他安静了下来，我却听见了“砰”的一声响。我被吓得连忙抬起头，却看到诺千熙倒在了地上。

“喂，诺千熙，你怎么了？”

我冲过去，摇了摇诺千熙。

他没有反应，我摸了摸他的额头，那热度吓到了我，那个温度估计可以煮鸡蛋了。他的脸红彤彤的，好像在发烧，但又跟发烧不一样，因为他的身体是冰冷的，让人胆战心惊……

诺千熙从来没有这样过，所以我慌慌张张，茫然失措。

“去医院，我带你去医院。”

我拿出手机来拨打120，按完键以后，我突然想起来，诺千熙是个复制人，医院要是发现了异常会不会把他扣下来，然后送去研究所？

“对，我应该打电话给南宫月！”

这么想着，我打出了电话。

喧闹的手机铃声之后，传来了南宫月的一声：“哪位？”

我立马就哭了起来：“诺……诺千熙好像要死了，不，他好像出故障了。我不知道该怎么办，你快来救救他……”

南宫月好像知道发生了什么事一样，慢慢地说道：“你在家里不要急，我马上就过来！”

半个小时后。

以前我一直把南宫月当成那种醉心于医学的天才少年，毕竟他跟我们年纪差不多，这也是我当初不相信他的原因。可是南宫月比我想象的还要专业，他穿着白袍，戴着听诊器，一丝不苟地给诺千熙做检查，检查过程中脸色凝重。

我的心“咯噔”一下。

“怎么样，诺千熙到底怎么了？”

南宫月没有回答我，而是伸出手测诺千熙的脉搏。很久后，南宫月才叹了一口气，说：“他现在就好像一台被病毒入侵了的机器，全身的器官机能都出现了问题，按道理来说应该不会这样，你是不是对他做了什么？”

“我没有做什么啊！”

我急得眼睛都红了，声音也在颤抖，把刚才的情况跟他说了一遍：“我当时就是生气了，才那么说他的，我没有想到他会突然晕过去，脑袋发热身体又是冰冷的，吓得我都不知道该怎么办了……”

“他是专门为你定制的，当初我制造他的时候为了让他更完美，就植入了一种芯片，当他感觉到主人不再需要他，或者对他产生了不满的时候，他就失去了价值，芯片会启动反向程序摧毁他……”

南宫月看了一眼躺在沙发上奄奄一息的诺千熙，嘴角抽了抽，露出了跟表情完全不相符的诡异感。

我没有在意，听了他的话后，直直地看着他：“你的意思是你救不了他？”

“你没听到我刚才的话吗？”

南宫月的眼珠转了转：“我的意思是诺千熙这个样子，是因为他感觉到你不再需要他，他失去了价值……”

“我不是问你这个！”

我烦躁地打断他，急得用手拽住了他的衣领，表情凶狠地瞪着他：“所以他会怎么样，你也救不了他吗？”

“我……我也没办法。身为按照客户需求定制的复制人，如果不再被需要，他们就会慢慢被毁灭。”

南宫月低头看了看我拽着他衣领的手，摇了摇头。

我猛地放开他，颤颤巍巍地走到诺千熙身边。他的脸比刚才更红了，额头上的汗珠一滴滴地落下来，嘴唇也干裂开来。

他现在这个样子，都是因为我！

我从来没有想过，诺千熙这个复制人因为我来到这个世界，也会因为有一天我不需要他就被毁灭。我想责怪南宫月为什么会定下这么残忍的规则。

可我又有什么资格呢？是我先想要放弃诺千熙的，他什么错都没有，为什么要承受这些？

我伸手摸了摸他的额头，烫手的温度让我急得掉下了眼泪：“对不起，我这几天不应该那样对你的。我只是因为心情不好，所以才看你不顺眼。虽然我知道不是你的错，但我就是忍不住想，如果没有你，说不定我还可以跟安楠在一起……可是，就在刚才你倒下去的那一刻，我才发现我竟然很害怕失去你，我好像在自己都不知道的时候，习惯了你的存在，习惯有你在身边的每一天……”

我的眼泪一滴滴地落在了诺千熙的脸上，我慌忙想要去抹掉，却没想到手被一只冰冷的大手抓住了。

我愣了一秒后，狂喜地看向诺千熙的脸，只见他的眼睛一点点地睁开，那双蓝色的眸子带着懵懂，像是刚睡醒的孩子。

“糖糖，你怎么哭了？”

他一边说，一边下意识地伸手帮我抹眼泪。

“我没有哭。”

我哽咽了一下后，又哭了起来：“诺千熙，我以后都不会不理你了，你不会失去价值的，因为我需要你，我需要你一直在我身边……”

“真的吗？”

诺千熙的眼眸含笑，嘴角微微上扬：“糖糖，我很开心。”

可是，他的话音刚落，他那替我抹眼泪的手就重重地垂了下去，而诺千熙的眼睛也紧紧地闭了起来。

“诺千熙！”

我喊了一声，急忙回过头去问南宫月：“他……他怎么了？他刚刚不是还睁开眼睛了吗，他不是好了吗？”

我一连串的问题让南宫月皱起了眉头，他走过来，用听诊器检查了一会儿后，突然慌乱起来：“赶快打120送医院！”

“哦，我这就打电话……”

我拿起手机，却马上停了下来：“不对啊，南宫月，你是不是傻了啊，诺千熙不能去医院，万一那些医生发现他是复制人怎么办？”

“你不用担心。”

南宫月一边脱他的白色医生袍，一边将诺千熙扶了起来：“医院不会发现问题的，他的身体构造跟普通人类没有不同，一般的机器并不能检测出他不是正常人类，所以你必须帮忙，我们得赶快送他去医院！”

“你不是说他是因为芯片的原因才变成这样的吗，他是真的发烧了吗？”

我一边帮他扶起诺千熙，一边疑惑地问。

“你别问那么多了！”

南宫月似乎在逃避我的问题，朝我喊道：“你赶快出去叫计程车过来，我现在临时打电话叫我家司机已经来不及了！”

“好，你等一下！”

我急忙往外面跑，早已经把刚才的问题抛到脑后去了。

我不知道是不是自己幻听，在我往外跑的时候，我好像听到南宫月责备似的说了一句：“我也真是服了你了，为了报仇竟然连自己的身体都能豁出去……”

第七章 拼图游戏

CYGNUS
DEEP WHITE
YEARS

07

1

我们到了医院以后，医生给诺千熙做完检查，表情也非常不好，说是再晚一点送来感冒就可能演变成肺炎。好在治疗还算及时，诺千熙的病情慢慢地稳定下来，烧也渐渐退去。

这家私人医院在全国都是很有名气的，如果不是南宫月，我想自己连门都进不来。

而我对南宫月的了解，都是通过言言的转述。南宫月家里是医药世家，他们家的历史据说能追溯到明朝时期。南宫月的爷爷建立了南宫医药科技集团，囊括了医院、制药在内的所有相关产业……

想到这里，一个问题突然在我脑海里冒出来，而这个问题如果不解决，诺千熙还是有危险！

“南宫月，你跟我说实话，你是不是一直在骗我？”我看了看躺在床上，脸色惨白的诺千熙，将南宫月拉到病房外面。

“我骗你什么了？”

南宫月的表情有些奇怪，好像很紧张。

我就知道肯定有猫腻。我皱了皱眉头，问道："我知道你家是医学世家，也不怀疑你在医学上的天赋，但是以你现在的能力，诺千熙真的是你做出来……是你研究出来的吗？"

"你说这个啊……"

南宫月似乎松了一口气，对着我神秘地一笑，说："你猜！"

我嫌弃地朝他翻了个白眼，我可没时间跟他聊天，直奔主题："你告诉我，诺千熙该不会是你们南宫集团私底下做的非法实验的产品吧？赶快告诉我真相，不然诺千熙真的会有危险……"

"你的想象力真是让我无法形容……"

南宫月震惊地看着我。

"你看什么看啊！"

我瞪了他一眼，心里面断定自己的猜测是真的，赶紧说道："你想想看，我们现在是在你们家的医院，诺千熙属于非法实验品，如果医生发现了异常，或者你们家的人正在寻找他，那他不是等于羊入虎口？你们家抓住了他，说不定会把他毁尸灭迹！"

说完我还做了一个抹脖子的动作。

"你可以去当小说家了。"

南宫月用力地按了按额头，做出一副无奈的模样，然后伸过手来拍了拍我的肩膀，对着我笑了一下："你放心，诺千熙呢，他是我一个人的作品。虽然我的确用了家里的资源，但是我可以跟你保证，没有人会来抓他，更别说把他毁尸灭迹了……"

“真的吗？”

我紧盯着他的眼睛，想要看他是不是在说谎。

可是南宫月在我的注视下，眼睛都没有眨一下，还很有诚意地点了点头说：“我保证，如果我说的是谎话，就让诺言言两个月不理我……”

竟然拿言言来发誓……

“既然你发了这么毒的誓，我相信你。”

以言言对南宫月的重要程度来说，他能做出这样的保证，代表他没有说谎。

“南宫月，你竟然拿我来发誓，我跟你有什么关系？”

言言突然气鼓鼓地冲了过来，指着南宫月质问道。

南宫月见到言言，脸色顿时就变了，被抓了个正着的他慌张起来。可南宫月到底是南宫月，一瞬间就恢复了正常。他露出一个放荡不羁的笑容，说：“我们怎么没有关系了，我们可是从小吵到大，互相看不顺眼，注定了是敌人的关系，难道不是吗？”

“是……是这样没错！”

这下换成言言被话给噎住了，一时间憋红了小脸。随后，她战斗力十足地冲着南宫月说：“你不要废话，你把我哥哥怎么样了？你是不是又给他出什么坏主意，还把他弄到医院里来了？我哥哥可是从小到大都没有生过病……你对着我眨眼睛干什么？”

两个人就这么吵了起来，还是在医院的走廊上。

我本来想要阻止他们，但是我总觉得言言的话有点不对劲……

我顺着言言的眼神看过去，南宫月正在挤眉弄眼，表情怪异。

“哈哈，诺言言你是来搞笑的吗？”

南宫月揉了揉脸，嫌弃地看了言言一眼：“你来之前到底有没有搞清楚，生病的可不是你那个哥哥，而是糖心家的宝贝诺千熙……”

“是……是吗？”

言言像是急于掩饰自己的慌张，捂住嘴巴，又小心地看了我一眼说：“糖心，对不起啊，你不要误会，刚才我收到南宫月的短信，还以为真的是我哥哥生病了呢。”

说着，言言还特地转过去，对着南宫月的小腿踹了一脚：“这都要怪你，为什么不早点提醒我？”

原来是这样啊。

“没关系啦，这说明言言你真的很喜欢你哥哥。”

刚刚对言言的怀疑一下子就烟消云散了，我笑了笑说道：“你跟你哥哥的感情真好。”

“是啊，我跟我哥哥的感情……还好。”

言言的眼神里突然流露出一丝奇怪的忧伤来。

我以为自己看错了，因为从言言的言行举止我能感觉得到，她对那个跟诺千熙有着同样姓名的哥哥有着很深的感情。每次说到他，言言都是自豪的、仰慕的、向往的。这让我忍不住好奇，言言真正的哥哥究竟是个怎么样的人。

不过，有言言这么可爱又善良的妹妹，他应该跟外界传闻的不一样，或许也是一个温暖又友善的人吧……

“糖糖，你在哪里？你在哪里……”

我出来的时候，特意将门打开了一点，就是怕诺千熙突然醒过来。我听到他呼喊的声音后，停止了对言言那神秘哥哥的想象，赶快推开门跑了进去。

“诺千熙，你怎么样了？”

我跑到床边，却发现他并没有醒过来，眼睛仍旧紧紧地闭着。

他还在昏迷中，只是迷迷糊糊地呼唤着我的名字，手还不停地到处乱抓着，我的手刚伸过去就被他抓住了。

“我在这里。”

我心底最柔软的地方好像慢慢地舒展开来，我反握住他的手，伸过头去小声地在他耳边说。

“南宫月，我哥哥该不会是故意装病吧？”

“医生说他差点把自己搞成肺炎，我看不是装的，不过……他这下意识的行为说明他是真的喜欢顾糖心……”

“你支支吾吾干什么？我告诉你，你不要再乱出主意，你每次都只会捣乱，我才不相信你会帮忙。”

“这话你该跟他说。”

“反正我警告过你很多次了，我可看到你老是想要破坏他们……”

……

言言和南宫月站在病床边，两个人你一言我一语地争吵着。

“你们俩要吵出去吵，这里是病房！”

我忍不住出声打断了他们。

虽然我听见了他们的话，但是我现在全部心思都放在诺千熙身上，也不想去思考他们说的话里还有什么其他含义。

而且我听到他们竟然怀疑诺千熙是在装病的时候，心里有点生气，诺千熙这么痛苦，怎么可能是假装的呢？

最不能原谅的是南宫月，都怪他在诺千熙身上做了这样的设定，失去了价值就会自动毁灭，就算诺千熙是复制人，那也是一个活生生的生命啊！

2

好在诺千熙的病并不是什么大问题，他的康复能力也很强，在医院里躺了两天后，诺千熙嫌弃里面的药水味，提前出了院。

离开医院的那天，我们可是在一大堆护士姐姐的护送之下走的，诺千熙还无耻地要了几盒医院食堂的营养餐。

“小熙啊，你有时间就常来看看姐姐们啊！”

护士长眼睛都红了，想要拉住诺千熙的手，可是他不配合，假装没有看到，躲开了。

诺千熙将几盒精致的营养餐往我手里一塞，露出这几天来迷惑众护士的招牌微笑：“我当然想来看各位漂亮的姐姐，可是我身体很好，也不经常生病……几位姐姐肯定也不想我生病吧？而且最重要的是，我可不想老是来医院，那样姐姐们要照顾我多累，我会心疼你们的……”

他这一番话说得几个护士热泪盈眶，本来觉得面子挂不住的护士长也感动得没有计较刚才他有意的闪躲。

我实在看不下去，冷着脸拉了诺千熙一把：“你再磨蹭天就要黑了。你旷了两天课，虽然占着言言哥哥的头衔老师不敢说你什么，但是你也不要太随便了，既然扮演了学生，就要好好地……”

“各位漂亮的天使姐姐，对不起，我家糖糖可能是嫉妒了，所以我现在要回家好好地哄她，再见了！”

诺千熙说完，还朝她们挥了挥手，做出一副不舍的样子。

我成功地收到了来自护士们的怨恨眼神，幸好这个时候言言派来的车子停在了门口，我赶紧上了车。

诺千熙的嘴巴像抹了蜜一样甜，可是离开时却迅速果断，几乎是后脚就跟着我坐上车，连多余的眼神都没有给护士姐姐们。

“开车。”

他低沉的声音带着气势，吩咐的口气仿佛他就是这辆车的主人。

司机先生可能是得了言言的命令，竟然一点不适的感觉都没有，马上将车开了出去，不做任何停留。

可是，我没有反应过来，车子的惯性让我的头撞在了前车椅的靠背上。

“哎哟！”

我立马喊痛，还抱住了头。

诺千熙蹙起眉头，冷着脸说道：“跟诺言言说，以后让原来的秦师傅来接我们，你的技术太差了。”

“对不起，对不起。”

司机先生连说了两声对不起，诚惶诚恐的语气让我感觉十分不适应，不由得脸都皱成了一团。

“很痛吗？”

诺千熙关心地询问我。

有一刻我心里十分疑惑，仿佛眼前的人不是诺千熙，因为他前一秒曾对着护士姐姐们献殷勤，还想着占小便宜，后一秒就变得像是一个尊贵的少爷，霸道范十足，而现在却对我表现出关心，又像是一个完美的情人。

诺千熙的多变是因为他会自动切换模式，这我也是知道的，但是这些天也不知道为什么，对于诺千熙，我感觉越来越陌生。我发现自己开始试着去观察他、了解他，目光不由自主地就跟着他转……

“你怎么老是盯着我看，我问你痛不痛？”

诺千熙把手伸过来，修长宽大的手掌在我的额头上揉着，动作小心温柔。

“不痛啦。”

我拍开他的手，教训道：“我跟你说过多少次，你脑袋里的芯片是不是坏掉了，你不是真的诺千熙。言言叫司机先生来接我们已经很麻烦他了，我们应该跟他说谢谢才是……”

“嗯。”

诺千熙也没跟我争辩，应付地点点头，盯着我的额头查看了半天，见没有什么大碍，才放开了我。

“嗯是什么意思？”

我对他的态度十分不满意。

“嗯的意思就是……”

诺千熙突然将手伸进包里，从里面掏出一个大盒子递给我：“糖糖，你要跟我玩拼图游戏吗？听说最近很流行这个，没有参考图，全凭自己的想象力拼凑出完整的图画……”

“拼图游戏？”

我好奇地接过盒子，盒子里面装着一沓硬纸片，细细碎碎的，至少有一千多张。我翻来覆去地看了半天也没看出个究竟，于是问道：“你从哪里弄来的？该不会又是你那些天使护士姐姐给你的……不对啊，我们刚才讨论的不是这个，你不要转移话题！”

诺千熙也不着急，而是慢慢地说：“据这家公司说，如果有人能在一个月内拼出这幅图来，就会有十万块的奖金……”

“什么，十万块？你说的是真的吗？”

我一听就兴奋地跳起来，头又撞到了车顶。

“你慢点。”

诺千熙见我抱着头，将我拉了过去，又帮我揉了揉头顶说：“嗯，只要你拼出图画来。”

我紧紧地抱着拼图盒子，暗暗下了决心，给自己鼓劲：“为了十万块，拼了！”

然后，我还不忘表扬诺千熙，拍了拍他的肩膀说：“哈哈，没想到养了你这么久还是有点用的嘛，等我拿到了十万块，带你去吃一个月你喜欢吃的牛排都没问题！”

“你觉得完成后会出现什么样的图画？”

诺千熙看似无意地问道。

我不在乎地看了一眼盒子里那零散的拼图，说道：“管它是什么，能拿到钱就好……”

之后的一个星期里，我像着魔了一般全身心地投入到拼图上面。而我和诺千熙也很有默契地没有再提安楠的事情，我们两个人又恢复了以前的生活。

要说有什么不一样，那就是我好像对诺千熙产生了一种微妙的感情。一开始我以为这种感情是同情、怜惜或者愧疚，但是我渐渐地意识到都不是。那是一种比同情、怜悯和愧疚更深刻的感情……

一心扑在拼图上的我，还没来得及搞清楚，就遇到了一个比拼图还难的难题。

安楠开始主动接近我。

连续几天的阴雨天气，跟我的心情一样糟糕，拼图毫无进展，经过一个多星期的奋战，我连一个角都没有拼出来。

午饭过后，我跟往常一样躲到图书馆的角落里拼拼图。

对面有人坐了下来，我以为是诺千熙，就没有在意，只是把手中的水瓶递给他："帮我去打水。"

我感觉对面的人顿了一下后，就起身了。

过了一会儿，装满了水的水瓶被递到了我面前，一个声音响了起来："我给你加了一点温水，不要老是喝凉水。"

"你烦不烦……"

等一下，声音怎么不对劲啊？

我从拼图里抬起头来，看到对面的人后，吃了一惊，差点从椅子上摔下去，不过我还是镇定了下来："安楠学长，你怎么会在这里？我记得今天中午音乐社有活动啊……"

"原来你记得啊。"

安楠学长眼睛一眨都不眨地盯着我，眼神里面泛着温柔的光：

“那你为什么不去呢？”

“我是因为……”

因为我怕见了他，诺千熙又做出什么举动来。

对面的安楠见我支支吾吾的，还躲闪他的眼神，竟然低声笑起来：“我听说你最近迷上了拼拼图，你是为了它才不去音乐社参加活动的吗？”

我知道安楠是在为我开脱，但是我也找不到其他更好的理由，便顺着他的话说：“是……是啊，这个拼图可难了，不过……据说只要在这个月内拼成功，上传照片到社交软件上，就能获得十万块奖金呢！”

“是吗？”

安楠看着我乐滋滋的样子，也跟着笑了起来：“那你快拼好了吗？”

“没有。”

我失望地摆弄着拼图，垂头丧气地说：“我连一点头绪都没有。果然天上没有掉馅饼的事，十万块怎么可能那么好拿！”

“我看看。”

安楠突然绕过桌子从对面走过来，坐到了我身边。

他俯下身来，认真地查看着拼图碎片。我们俩的距离近得让我脸红心跳，他的发梢擦过我的下巴，身上那若有似无的橘子味清香，让我连呼吸都差点忘了，坐在凳子上动弹不了。

就在这时，我感受到了两道目光。

一道目光像北极一般冰冷，一道目光像赤道一样灼热，但是两道目光都让我觉得不舒服。

我抬起头，刚好看到诺千熙跟洛方婷。

诺千熙倚靠在门边，逆光的他表情模糊，我只能感觉到他身上那扑面而来的阴冷气息。

而洛方婷则是两眼冒火地朝我和安楠走过来。

安楠还沉浸在拼图中，我连忙推了推他，自己也猛地站起来。

图书馆本来安静又严肃的气氛突然变得火热。

就连几个在看书的同学，也从书海里走了出来，好像想要看看热闹，顺便缓解一下疲累。

“安楠，你跟我走。”

洛方婷一过来就抓住安楠学长的手臂，拉着他往外走。

可她没有成功，安楠站在那里，好看的眉头皱起来：“我想我已经跟你说得很清楚了，我们结束了。”

“呵呵。”

洛方婷冷笑着看了我一眼，说道：“你说结束就结束吗，难道你不记得我手上还有什么？”

我想到了录音，正要说话，就被一股力道拉进了一个怀抱。诺千熙将我抱在怀中说道：“你们俩的事最好不要把她牵扯进去。”

他说完想带我走，我却挣扎着不肯走。

诺千熙干脆将我抱了起来，又说：

“还有，我只说一遍，洛方婷，你不要以为你手中的录音是什么大把柄，它一文不值！”

“你……那你要试试看吗？如果我把它公布出去，可不只是你会受到伤害，你就不在乎她？”

洛方婷指了指我。

“你不要冲动。”

安楠朝我看了看，隐忍地说：“我跟你走就是，我们俩单独聊……”

“安楠，我既然说了录音一文不值，意思就是你也不用装出一副牺牲的样子，你是想感动我，还是感动糖糖？”

诺千熙说话太直接，我很反感，想要从他怀里跳下去。

可是他好像用了最大的力气，将我禁锢住，在我扭动身体的时候，抱着我走出了图书馆。

3

从那天以后，我们四个人的关系成了学校同学茶余饭后的谈资。而洛方婷像是疯了一般，安楠走到哪里，她就跟到哪里。所以即使安楠学长有意接近我，我也尽可能地疏远他。

洛方婷的眼神可不是那么容易忽视的，她看着我的时候，我感觉比掉进蛇窟还要恐惧。以前我只要远远地看着安楠学长就觉得很幸福，而现在我只要远远地看到安楠学长就想着赶快躲开。

我的心境好像也慢慢变得不一样了。

阳光怡人的下午，我坐在草地上一边拼拼图，一边跟言言聊天。

“听说你最近在躲着你亲爱的安楠学长。你是不是已经被我哥哥征服了，终于打算弃暗投明，喜欢他了呀？”

言言推了推我，捂着嘴偷笑。

“你听谁说的？”

我对着她翻了一个白眼，指了指拼图说：“你没看到我现在有重要的事要做，哪里有时间谈儿女私情！”

“就为了十万块，你也太拼了。”

言言伸头过来看了一眼，感叹道。

“就十万块？”

我瞪大了眼睛，装作气愤地说：“言言，我一直以为你跟别人不一样，没想到你也只是一个不知人间疾苦的千金小姐！”

“得，我说错话了还不行吗？我道歉……”

言言笑着说，又伸过手来翻弄我的拼图。她拿起几片散乱的拼图对了对：“咦，这拼起来好像一只手的样子哦！”

“给我看看！”

我俯身过去，惊喜地喊了出来：“是的，言言你真是我的幸运女神啊！”

我开始拼拼图的时候，就在想这可能是一幅风景图，因为明显有很多绿色小方块，而且一般公司用风景图来做拼图的话，会加大难度，这样十万块就没有那么容易拿到了……

我拼出了一双白嫩的小手后，自信心又回来了。我趴在草地上，全神贯注地找其他图案。

“糖心，你小时候遇到过什么难忘的事情吗？”

言言的声音突然响起来。

“我小时候难忘的事情可多了……”

我一边拼图，一边不在意地跟言言说着话：“比如我三岁那年被邻居家的小狗咬了一口，现在都害怕那种有斑点的狗狗；还有不小心从树上摔下来，后脑勺留了一个疤痕，当时可痛死我了……”

“那没有难忘的人吗？”

言言又追问道。

“难忘的人嘛……”

我的注意力全都在拼图上，脑海里有些模糊的记忆闪过，但是我没有来得及抓住，思绪就被手机铃声打断了。

“什么……好，我马上就回来！”

言言接了电话之后，脸色大变，我也跟着紧张起来。

“怎么了？”

我担心地看着她。

“没有什么事啦。”

言言对着我笑了笑，我看得出她的笑容很勉强，便没有追问下去。既然她不想说，那我再问下去也只是给她徒增压力。

“中午广播站你代替我去吧，我今天可能去不了了。”

“好的，你快回去吧。”

我看着言言远去的身影，隐隐地感觉到不安。但我马上又觉得自己想多了，言言可是幸运女神，哪里会出什么事！

至于广播站的事情，以前言言临时有事的时候，我也代替她做过几次，所以做起来也是得心应手。

学校的广播站也没有大事，无非是在午间的时候放放音乐，读几篇小散文和诗歌，有时候也播放一些通知和校园新闻。

中午放学后，诺千熙将我送到广播站门口，摸了摸我的头笑着说：“那我先去打球，等会儿再接你去吃午饭。”

“嗯。”

我对着他点了点头。

当我要进广播室的时候，诺千熙突然将我一把拉到他身边，低头在我额头上吻了一下。

“糖糖，如果我们一直能像现在这样就好了。”

我全身好像冻住了一般。

额头上传来的柔软触感让我全身的血液都涌向了大脑，一瞬间大脑都空白了。

等我反应过来后，看到的只有诺千熙离开的背影。

这些天我跟诺千熙的关系无比和谐，就好像我们认识了很久很久，久到我们已经不需要言语，只要对方一个眼神，就会觉得安心，久到我觉得也许诺千熙真的是老天赐给我的完美对象……

难道我真的对他产生感情了吗？

我在心里问自己，却没有答案。

我播放完最后一首歌，就坐在广播室里面发呆，想着刚才诺千熙离去的时候在我额前的那一吻。

有人说，额前的吻代表的是珍惜和宠溺，代表的是不带任何杂质、纯洁无瑕的爱意。比起亲吻嘴唇，亲吻额头更能打动一个女生的心。

“咚咚咚”的敲击声响起来。

我的思绪这才慢慢地回笼，我顺着声音往外看去，只见安楠正站在玻璃窗前对着我笑。

见我看到了他，他推开广播室的门走了进来。

“都结束了吧？”

他把手里拿着的一堆资料递给我。

我这才记起来，安楠还是广播站的站长，以前我帮言言代班的时候，好几次都是为了想要跟他见上一面才来的。

可现在，我却很尴尬。

“嗯，都结束了。”

我不敢跟他对视，站起来小声说道：“如果还有通知要播，还是站长你来吧，我只是代班……”

“你都不看看是什么吗？”

安楠好笑地问道。

我扫了一眼他递过来的东西，震惊得半天没有说出话来，那竟然是一封被撕碎之后拼凑起来的情书！

而且还是我写的！

“我可是花了好几天时间才把它粘好。我很庆幸当时自己会好奇你写了什么东西，所以去垃圾箱把它们捡了起来，那是我第一次去翻垃圾箱……”

安楠的声音还是跟以前一样好听，却让我抬不起头来。

他停了一下后，又说道：“知道这是一封情书后，我伤心了好几天，我以为你有其他喜欢的人了，因为我没有找到前面那一部分。现在我明白了，这是你写给我的情书，对不对？”

我低着头不说话，脸烧得厉害。

“如果我现在给你回复，会不会晚？”

安楠流水一般的声音在我的耳边响起，他朝我走近了一步，身上的清香若有似无地闯进我的鼻子。

“我……我不知道。”

我小声地回答。

“糖心，我也不知道我是从什么时候开始注意你的，也许是我发现总有一个小小的身影出现在我周围，也许是你总做出一些让我惊奇的举动，也许是……不过我现在知道了，喜欢不需要任何理由，我不管你是不是已经喜欢上别人了，我今天只想跟你表白，说出自己的心里话。如果你还喜欢我，那么可不可以再给我一个机会……”

安楠说到后面，突然抓住了我的手，我感觉到他的手在颤抖。

就在我犹豫不决，心想着该不该推开他的时候，另一个声音闯了进来：“你没有机会了！”

“你怎么跑来了？”

我惊讶地看着诺千熙。

诺千熙正在气头上，他冷冷地看着安楠说道：“你没有机会了，糖糖她现在、将来都只会喜欢我一个人。”

“诺千熙，你哪里来的自信？”

安楠的眼神不再温柔，连语气都充满了攻击性：“你来历不明，连身份都是假的。我不知道诺言言为什么会帮你撒谎，给你一个虚假的身份，但是你的存在对糖心是一种威胁，如果你有自知之明的话，就不要再缠着糖心了……”

“我的事不用你操心。”

诺千熙并没有被安楠压制住，反击道：“反而是你，你跟洛方婷还在纠缠不清，有什么资格跟糖糖说喜欢？”

“你……”

……

两个人针尖对麦芒，你一句我一句地呛声的时候，我猛然发现广播的灯还是亮着的，那不表示……

“你们俩都给我闭嘴！”

一声大吼后，我急忙跑去关闭了广播的开关。

然后，我瞪着诺千熙，全身仿佛有火焰在燃烧，我愤怒地质问他：“你刚才会突然闯进来，是不是因为广播是开着的？你听到了安楠跟我的告白？你为什么不提醒我？”

“我……我看到你跟他在一起，就什么都忘记了！”

诺千熙被我吓住了，眼神马上弱下来。

“糖心……”

安楠也想要说些什么来安慰我，只是半天也说不出一句话。

我抓了抓头发，颓废地坐在椅子上，绝望地指了指广播室的大门说：“你们俩都给我出去，我想静一静。”

我午饭都没有吃，在广播室里坐了一中午，直到上课铃声响起来，我才走出了广播室。

安楠和诺千熙都守在广播室外面，看到我走出来，两个人互相瞪了一眼后，就静静地看着我。

“安楠你回教室去吧。”

我小声地说道。

诺千熙用胜利的目光看了看安楠。

而安楠则是往我看过来，张了张嘴，最后只说了一句：“对不起。”

“不关你的事。”

我抿了一下嘴唇，自嘲地笑了笑：“我这个人向来没什么运气，都是我自己的问题，是我忘记关广播开关了。”

诺千熙皱了皱眉头，嘟起嘴任性地说道：“糖糖，都是他的错，跟你有什么关系，要不是他跑去广播室告白……”

“你闭嘴！”我朝诺千熙喊道。

诺千熙别扭地转过头，安静下来。

安楠学长深深地看了我一眼后，没有再说话，转身走了。

安楠走后，我不理诺千熙，自己朝教室走去。

“你还要去上课吗？”

诺千熙憋了很久后，担心地问道。

我没有转身，只是点了点头，像是自言自语地反问道：“难道我们要逃走不成？”

第一节是自习课，脚都还没有踏进教室，我就听到了里面的声音。

带头说话的是卢芬芳，她的声音最具辨识性，洪亮又尖酸：“我看这都是顾糖心的主意吧。大家不记得了吗？诺千熙第一天来学校就是来找顾糖心的呢，还叫她主人……”

“对对，我记起来了，当时我还觉得这么一个花美男看起来好像有点傻，还为他感到惋惜呢！”

“这不就清楚了，顾糖心爱慕虚荣找了诺千熙假扮富二代来追求她，好满足她自己的虚荣心！”

“不对啊，诺言言可是真正的千金小姐，为什么会帮顾糖心撒谎呢？”

“肯定是顾糖心抓住了诺言言什么把柄呗，要不然就是用了什么伎俩哄骗诺言言才让她说谎的。你看诺言言好几天都不来学校了，八成是受不了她不想再帮她说谎了……”

……

班上的女生有一半都在愤慨地议论，恶意的揣测和故意的夸张让我连进去的勇气都没有了。

可是，有些事情发生了，逃避也没有用。

我低着头进了教室。

教室里一下子安静下来，大家的目光都朝我聚集。

诺千熙冷着脸，猛地一拍桌子说道：“你们有什么意见，冲我来，跟糖糖一点关系都没有！”

他的话成功地让大家收回了目光。

我对这个欺软怕硬的世界绝望了，明明算起来诺千熙才是那个中心人物，可就因为比起我来，大家更怕诺千熙一些，所以，到最后我就成了那个可以欺负的对象。

接下来的日子，我过得并不平静。

在诺千熙的视线外，除了对我进行言论攻击，竟然还有人搞起了没有格调的校园暴力。

“哗啦。”

当我被从二楼倒下的一桶冷水淋了一身之后，我爆发了！

“你们这些人是不是一天到晚没有事做，电视剧看多了，就只会做些无聊的事情啊！快要考试了，你们复习好了吗？没复习好都给我回去复习去，别在这里管别人的闲事！”

我十分激动，身体又因为突然淋了水，颤抖得厉害：“诺千熙的身份是假的又怎么样，碍着你们什么事了吗？我跟你们有仇吗？为什么要冲着我来，为什么要欺负我？你们怎么不去找诺千熙？不就是看他比我凶，看他长得帅吗？我有什么错，我做错了什么……”

我越说就越觉得委屈，声音都哽咽起来。

可就因为我这么说，戳中了一些女生的心思，又一盆冷水冲着我泼了过来。

然而水并没有淋到我的身上，诺千熙不知道从哪里跑出来，从背后将我紧紧抱住，帮我挡住了那盆冷水。

周围的人都静了下来。我转过头，看到全身湿淋淋的诺千熙，看到他那沾着水却格外迷人的脸庞，眼泪再也忍不住，流了下来。

“对不起，主人，我没有保护好你。”

诺千熙蓝色的眸子里映着我的脸，他的脸上看不出表情，仿佛暴风雨前的平静。

第八章 王子复仇记

CYGNUS
DEEP WHITE
YEARS

08

1

从小到大都很平凡的我，每一件事都按部就班地做着，我很享受这种平凡。虽然我不会遇到伟大的奇迹，但也不会遭遇什么大灾难。我希望我的人生平平安安，踏踏实实，我能靠自己的努力过好每一天就够了。

可自从我走进那家诊所，遇到诺千熙后，我就一直在经历一些超出我人生负荷的事情。而现在校长竟然跟我说，让我退学，我差一点就哭了出来。

“校长，我从来没有做过违反校规的事，为什么要我退学？”

傍晚夕阳依旧强烈的光线从拉起的百页窗缝隙里照进来，刺得我眼睛发痛，我歪了歪脖子躲避。

“不只是你，还有那个假冒的诺千熙。”

校长用他肥胖的手指头捏了捏鼻梁，像是很烦躁地看了我一眼：“你以为我这个做校长的就很容易？我要是把你们留下来，万一有人把这件事捅出去，被诺曼家族的人知道了，我这位置就保不住了……”

“可是诺千熙也不是故意要冒充的，他得到了诺千熙的妹妹诺言言的同意，校长你可以去问她……”

“问她？”

校长拍了拍桌子，声音大了许多：“你知道诺言言有多少天没来学校了吗？我都怀疑，是不是你和那个假冒的诺千熙拿什么威胁了她，她才会在事发后跑得没影了。你们这些学生可能不知道，但这些豪门隐私我可打听到了一些，诺言言只不过是个顶着大小姐名义的私生女，只有诺千熙才是诺曼家族唯一正统的继承人……”

言言是私生女？

听到这个消息我震惊得说不出话来，因为我从来没有想过言言那么乐观开朗又活泼可爱的女孩，会有这么一个让人难以相信的身世。她就像从小到大被照顾得很好的公主一般，有着良好的教养，但又跟人没有距离，亲近善良是她最美好的品质，这种女孩怎么可能有那种让世人诟病的身份？

可是，我竟然相信了校长。

也许是我曾经瞥见过言言走神时无意间露出的哀伤的目光，也许是她提起哥哥的时候，虽然有自豪、爱慕，但也流露一丝丝害怕和担心……

校长这么一提醒，我才猛然发觉言言竟然有一个多星期没有来学校了。我之所以没有注意，是因为她平时也会经常请假，不来学校上课，我就没有多想，现在看来她是不是遇到什么事了？

就像电视剧里演的那样，她这个私生女受到了来自家族的刁难，在家里的地位岌岌可危？

我突然感觉很难过，自己真的不是一个合格的好朋友，言言总是在我最需要的时刻帮助我，而我却在她最需要的时候什么都没做，只想着自己，还想让她站出来为我解决问题，我实在太不应该了……

我从校长室出来后，打算去找言言。

我连续发了几条短信都没有得到她的回复，便想去她家找她，然后我悲伤地发现，自己并不知道她住在哪里。

不过，我想南宫月应该知道，于是我就去找他。

那天我也只是远远地看了一眼南宫月住的地方，那是一栋很符合他气质的小别墅。

怪异的哥特式黑色屋顶，跟周围建筑格格不入的大红色墙漆，走近了之后，对我的视觉产生了很大的冲击。我把目光从大红色墙面移开再去看别墅外面的花，那些花都仿佛成了黑白色……

我在大门外找了很久都没有发现门铃，顿时感觉到了来自主人的深深恶意。

“我看这个黑心医生可能没什么朋友，也没什么人来拜访，所以干脆不装门铃，也好安慰自己不是没有朋友来找他……”

“顾糖心，在背后说别人的坏话，死后可是要被拔掉舌头的。”

大门突然被打开来，南宫月那张具有视觉侵略性的脸出现在我面前，不过一向把脸看得很重的他，怎么会有黑眼圈？

南宫月好像看出了我的疑惑，用手挡住了半边脸，指了指里面说："你快进去吧，言言在里面。"

"你怎么知道我在找她？"

我惊讶地看着他，马上又觉得不对："不是，言言怎么在你这里？你对她做了什么？你该不会……囚禁了她吧？就算言言不喜欢你，你也不可以这么对她，这样你就算得到了她的人，也得不到她的心……"

南宫月气得把手放下来，转而扶住脑袋，摇了摇头："我总算知道言言为什么跟你做朋友了，你们俩的脑洞可以装下整个宇宙！"

"谢谢夸奖。"

我不客气地推开他，朝房子里走去。一进去我就惊呆了，南宫月的房子像是被人洗劫了似的，衣服丢得到处都是，而且都是女性的衣服……

"这可不是我的。没有办法，我差点帮她把半个城市的百货商店都掏空了。如果我不给她买，就会有更严重的后果……"

南宫月的声音里带着悲伤，他指了指沙发不远处的一个角落，说："她这个样子已经持续两三天了，她发疯的第一阶段是买衣服，第二阶段就是现在这样，你不出现，我想她马上就要朝第三阶段发展了……"

"第三阶段是什么？"

我下意识地问道，朝南宫月指的方向看过去。

我在一堆衣服里面找到了蓬头垢面坐在地上的言言，只见她拿着一双细高跟鞋和一条黑色蕾丝裙子，一边笑一边说：“妈妈，你喜欢这种类型的是不是？我帮你找到了，你可以穿着它们跟爸爸一起去参加舞会，在场的所有人都会为你倾倒的，他们会说你和爸爸是天生一对，会说你是世界上最漂亮跟爸爸最配的女人……”

她说到一半，又哭起来，抱着那条黑色的蕾丝裙哭，泪水都滴在上面，然后她马上慌了，拿着裙子从地上站起来：“对不起，妈妈，我不能哭，这样爸爸就不喜欢我了，他会对我失望的……”

“言言。”

我走过去抢过她的裙子，抓住她的手腕：“言言，不要这样，你这样我好害怕，告诉我发生了什么事？”

言言转过头来，过了很久迷茫的眼神才恢复清明。

她一把将我抱住大哭起来：“糖心，我妈妈她走了，她还是抛弃了我，她把我一个人留在这里。是不是我做错了什么？呜呜……”

“没有，你什么都没有做错。”我拍着她的后背，安慰她。

然后在言言断断续续的哭诉和南宫月的解释下，我明白了事情的始末。

言言的哥哥，也就是那个正牌的诺千熙，是言言的爸爸第一任妻子生下的孩子，诺千熙的母亲也是诺曼家族唯一承认的夫人。

在她死后，言言的爸爸很伤心，一度患上了抑郁症，于是他去了最南边的海滨城市疗伤。在那里，他认识了跟诺千熙母亲长得很像的言言妈妈，把她当成情感的寄托，两个人很快就在一起了。

等诺曼集团找到他们的时候，言言妈妈已经怀孕了。

而这个时候言言的爸爸好像突然清醒过来，告诉言言妈妈自己并不爱她，只是把她当作了死去妻子的替身。他可以承认言言是他的女儿并把她带回诺曼家族，但她永远都不可能成为他的妻子，因为那个位置将永远留给他死去的妻子……

那一刻言言妈妈崩溃了，她求言言的爸爸带她走，说她很爱他，只要能留在他身边，即使没有任何身份她也不在乎。

于是，言言的妈妈带着言言来到了诺曼家族。在这里，言言一天天地长大，她知道了自己私生女的身份，她每天都小心翼翼地活着，她怕妈妈忽然歇斯底里地痛苦，她总是努力尝试做到最好，让爸爸能看她一眼，让爸爸会因为她而夸奖妈妈，那时候妈妈的脸上就会有笑容……

可是最后，言言的妈妈还是忍受不了，她逃走了，走得毫不拖泥带水，连一张字条都没有留下。

2

“糖心，你说妈妈是不是讨厌我了才离开的？因为我没有去维也纳音乐学院，没有为她争得荣誉，让爸爸多去看看她……但是，我想留在她的身边陪着她，如果我去了维也纳，我就见不到妈妈了……”

我费了好久的时间才把言言哄到楼上的客房里睡觉，可她抓着我的手，不准我走。

“没有，言言的妈妈并不是讨厌言言，她是太累了，人只要感觉到心累，就会想要逃跑，逃到一个可以让她休息的地方……”

我安慰道，一抬头却发现言言已经睡着了。

她也太累了。

南宫月说她已经三天两夜没有睡觉了，再撑下去肯定会出事！

等确定言言真的睡着后，我才小心翼翼地将她的手指头一根一根地掰开。看到她长长的睫毛上依然挂着泪珠，我摸了摸她的头发，小声地说：“睡吧，睡醒了就没事了，你妈妈会回来找你的。我妈妈告诉过我，没有母亲会狠心丢下自己的孩子，她只是需要找个地方暂时躲起来休息一下……”

我听到房门被推开的声音，回过头去看到南宫月正探头进来。他看了看床上躺着的言言，眼神里满是担心：“她哭了那么久，现在没事了吧？”

“怎么可能没事。”

我把毯子拉过来，给言言盖上后，说：“我们出去说，她好不容易睡着，不要把她吵醒了。”

“嗯。”

南宫月心情沉重地点了点头。

“所以你的意思是言言的爸爸想都没有想过要去找她妈妈？诺曼家族影响力那么大，想要找到一个人是很容易的事吧，他们却不去找，怎么能这样……”

听南宫月把事情的来龙去脉说完后，我对言言的处境更加担心了。她这个千金小姐不但没有表面的那么风光受宠，她爸爸对她连起码的爱护疼惜都没有，这个时候竟然都不考虑她的心情，还让她不要再提起她妈妈……

“言言她很坚强，她从小就知道自己在诺曼家族的地位，她在音乐上很有天赋，为了让她爸爸能夸奖她，看她一眼，所以她经常练琴练到大半夜，手指肿得跟萝卜一样都不停下。外面的人只看到了她的风光，可没有人知道她经常一个人躲起来偷偷地哭……”

南宫月一边说着，一边目光涣散地看向楼上的房间。

我心里有了底，看向南宫月，问道：“如果我没有猜错的话，你很喜欢言言吧？”

“是啊，我很喜欢她。”

跟我预料的不一样，南宫月爽快地承认了。

这下我倒是措手不及，尴尬起来，捏了捏手指头说：“虽然我不知道你们之前发生过什么，但你若是真的喜欢言言，就要告诉她你的心意。故意跟她吵架，引起她的注意，这都是小学生的行为……”

“呵呵。”南宫月突然笑起来，自嘲地说，“可是如果我不这样跟她相处，我想她可能会把我推得更远。言言其实很自卑，她曾经跟我说过，她觉得自己就像是钢琴上的黑键，永远都是半音，谁跟她在一起都会变成半度音阶，弹不出白键的全音。天知道，我才是配不上她的那一个……”

南宫月说着说着，好像陷入了自己的世界里，从他身上散发出来的颓废、茫然和痛苦气息，都是我以前从来没看到过的。

“你从来没试着跟她说过，又怎么知道她的答案。”

我摇了摇头，觉得他很懦弱。

南宫月痛苦的眼神里有一道光闪过，然后他猛地抬起头来看着我：“不要只说我，你喜欢诺千熙吗？”

“我……他就是一个复制人，我怎么会喜欢他？”

我慌张地躲避南宫月的目光，说话也变得结巴起来。

“如果没有喜欢他，就坚持下去，永远都不要喜欢上他，因为……”

话说到这里，南宫月像是很矛盾地皱起了眉头，很久后，他才深深地看了我一眼说道：“反正，我是为了你好。”

“说什么呢！”

我唰地从沙发上站起来，匆匆拿起包朝外面走去：“我先回去了，诺千熙那家伙在家等久了又不知道会闹出什么事来……”

我走到小区楼下的时候，就看到诺千熙手里拿着一个黑色的小塑料袋，蹲在电线杆下面。微弱的灯光照在他头顶，还有一堆蚊子嗡嗡嗡地围着他转。

他挥着手想要赶走蚊子，一扭头就看到了我，眼睛亮起来：“糖糖，你回来了，我今天排队去给你买了你最喜欢吃的炸香蕉奶串，你快点吃吧！”

“你今天为什么没去学校？”

我没有接过袋子，而是问他。

“因为我要去排队帮你买这个啊。”

诺千熙将袋子塞到我的手里，对着我骄傲地笑着：“糖糖不是说最喜欢吃这家的炸香蕉奶串了吗？所以我一大早就去排队了……”

“你排了一整天？”

我的内心有些感动，那天只是我找借口支开他，没想到他竟然就记住了，还跑去排队给我买。

“没有，快要轮到我的时候，东西就卖完了。”

诺千熙摸了摸头，羞涩地看了我一眼说：“所以，我就去求那对卖香蕉奶串的老爷爷和老奶奶，可老爷爷和老奶奶说材料都已经用完了。因为他们家的香蕉是每天凌晨郊区的一家种香蕉的农院提供的，正因为香蕉很软很香甜，才能做出最好的香蕉奶串来。然后我就搭了车去郊区，买了新鲜的香蕉回来给老爷爷和老奶奶，让他们帮我做……”

“谢谢。”

我的手轻轻颤动了一下，只是为了买到我喜欢吃的东西，诺千熙就能做到这种程度，尽管他说得轻描淡写，但我知道今天他有多辛苦。

我拿出香蕉奶串，咬了一口，发现竟然是热的，忍不住惊讶地看向诺千熙。

“老奶奶说，冷了就不好吃了，所以我一直把它抱在怀里，等着你回来……”

诺千熙笑了笑。

他的笑在微弱的灯光下那么灿烂，就像是黑夜里的一抹月光，一点点地温暖了我的心，给了我力量。

我不会退学的，我一定会想到办法的。

第二天，我早早地起来，刷牙洗脸后又给自己和诺千熙煎了两个鸡蛋，然后打算去巷子口的早餐店再买两碗诺千熙喜欢吃的酸辣粉回来，却发现桌上有张字条。

“糖糖，我有重要的事要去做，今天不去上学了，你可以帮我请假吗？”

有进步啊，至少会写字条了。

我满意地点了点头，又觉得不对劲起来。他这几天动不动就失踪，昨天说是给我去买香蕉奶串，那今天又要去干什么？

他一个复制人，哪里有什么重要的事情需要去做？

我拿出手机要给他打电话，一条新闻报道跳了出来，今天的新闻头条竟然是神秘的诺曼家族继承人公布了照片。

我感觉到心跳在加快，不由得点击查看。

如果说那天广播是意外，学校并没有实际证据来证明诺千熙是假的，我还可以利用这个跟校长抗争一番，但是如果现在网上突然曝出了照片，那我退学这件事就百分之百没有转圜的余地了……

可是，怎么回事？网上公布的照片，那个诺曼集团的正牌继承人，竟然跟诺千熙长得一模一样。

不对，这分明是诺千熙啊，他什么时候拍的这组照片？

难道是言言帮忙去求了她哥哥？

不可能啊，这几天言言因为她妈妈的事，应该跟诺曼家族的人闹得很不愉快，再说南宫月说她这三天两夜都在他家，她应该还不知道我要退学的事吧……

不管怎么样，我只能先去找一下她和南宫月，问清楚原因。

我匆匆地咬了两口荷包蛋，就往南宫月家跑，来到他家的时候，我发现大门是打开的，里面传来吵架声。

“你冷静点，你现在去找你哥哥有什么用？你也知道他的性格，他要是真的想报复糖心，那是你阻止得了的吗？”

南宫月的声音让我把想要迈出的脚步又收了回来。

我的心像是擂鼓一般，咚咚地跳动着，好像在等待什么不得了的大秘密。

“南宫月，你有什么立场说这样的话？从一开始你不劝阻哥哥就算了，你还帮着他去骗糖心。如果不是我听到了你跟哥哥打电话，我就要被蒙在鼓里，以为哥哥是喜欢糖心才骗她的……”

言言激动地大声说着，声音里带着一丝哽咽：“天啊，我还帮你们一起骗了她。也只有糖心那么单纯的人才会相信这个世界上有复制人，可以定制自己喜欢的完美伙伴。她那么相信我……”

“言言，你冷静点，你不能再哭了，你的眼睛会出问题的！”

然后是拉扯的声响。

言言似乎打破了什么东西，里面安静了片刻后，我听到南宫月在道歉：“对不起，言言，我当时不认识糖心，以为她像你哥哥说的那样，是一个心机很重的女孩。她那么小的时候就知道故意接近你哥哥，让他摘下面具，受人奚落，又跟那群小孩一起朝他扔石头欺负他，还把他推到水里差点淹死……”

“那现在呢？”

“我知道糖心是一个善良的女孩，以前可能是个误会。可你哥哥并不听我的，还是一意孤行，好像并不打算告诉她真相，继续欺骗她，所以我才总是提醒糖心，让她离你哥哥远一点啊……”

“那有什么用！”

言言的脚步声响起来，但马上就停住了，应该是南宫月拉住了她，于是她大声喊道：“你放开我，我要去告诉糖心真相，告诉她哥哥就是诺千熙，诺千熙就是哥哥。我不会让她受到伤害，我不愿看她喜欢上哥哥之后，再被他当着众人的面抛弃，那样的话糖心肯定会伤心死的……”

“你不能去。”

南宫月似乎抱住了言言，只听见他说：“你不能去，你哥哥那样的人，如果你惹怒他，他什么事都做得出来。你忘记了吗？你小时候只是看到他脸上的胎记，露出了害怕的眼神，就被他故意关在黑暗的小房间里待了三天三夜。当用人发现你的时候，你差点就因为脱水昏迷了。他是个做事从来不考虑后果的人……”

“那糖心怎么办，她怎么办？”

“我们慢慢再想办法。而且我觉得你哥哥好像也不是不在意她，也许事情还有缓和的余地……”

3

我的脚一软，跌坐在了地上。

我这才明白过来，哪里来的什么完美伙伴、复制人，诺千熙就是诺曼家族的那位神秘少爷，从头到尾这一切都是一个阴谋。这个阴谋的最终目的是让我喜欢上诺千熙，然后他再狠狠地甩了我泄愤、复仇。

这曲折离奇的故事，还真像是编造的。

我感觉全身无力，因为我发现自己竟然真的有点喜欢诺千熙。而小时候那段我快要遗忘的记忆也涌了上来，讽刺的是我的记忆好像跟诺千熙的记忆不一样。不知道是他的记忆出了问题，还是我的记忆出了问题。

那时我才六岁。

因为爸爸工作的关系，我暂时搬到了郊区的奶奶家，在附近的小学上学。孩子们都有自己固定的小伙伴，也不怎么跟我玩。

好在我在放学的路上发现了一条小溪，小溪边的石头五颜六色，跟其他地方的不一样。于是我开始在小溪边捡五彩缤纷的石头，再把它们装到透明的袋子里，一颗颗像宝贝一样珍藏着。

有一天，我去溪边捡石头的时候，遇到了一个小男生，他坐在小溪边的大石头上，右脸戴着一个面具。小小年纪就板着脸，一点也不亲切。

我看他在溪边坐了很久，不知道在想什么，好像很孤单的感觉，就走过去把自己捡的石头送给了他。

“给你。”

我把那天捡到的最好看的紫色石头送给了他。

他没有接过去，反而用防备的眼神看着我：“你不怕我？”

“为什么要怕你？你又不是鬼怪。”我回答。

他听到我说鬼怪的时候，脸色沉了下去，声音也很低落：“那是因为你没有看到我右边的脸，看到后你就不会这么说了……”

“是吗？那你把面具拿开，给我看看呀。”

我好奇地看着他。

男孩惊讶地看了我一眼后就陷入了沉思，然后像是鼓足了勇气，把手伸向了右脸的面具。

小时候的我性格十分活泼好动，看他动作那么慢，我就忍不住动手帮他，一把就把面具掀开了。

他的右脸三分之二的部分都被一个黑色的胎记占据，那个黑色的胎记像是一朵蘑菇云，仔细看又像是骷髅。

“哇，你的文身好特别，你家里人怎么会让你文身？”

我第一次知道文身还是跟着爸妈一起看电视的时候看到的，当时我不知道那是什么，爸妈告诉我叫文身，就是在身体上面画画。我说我也要在身体上画画，爸妈却互相抱着笑了好久才教育我说，文身是坏孩子才会做的事情，可我当时看爸妈笑得那么开心，打心眼里觉得他们是在忽悠我。

所以，我小声地凑过去跟男孩说道：“我知道你为什么难过了，你一定是因为文身被家里人骂了对不对？不要难过，千万不要听他们的话，说什么坏孩子才会在身体上画画，都是骗小孩的。”

男孩被我的突然接近吓了一跳后，急忙推开我，他好像没有想到我会说这些，眼神里都是震惊。

“这不是文身，这是胎记，蠢小孩。”

他虽然在说骂我的话，但我感觉他的心情似乎好了很多。

我并没有在意，朝他翻了个白眼，说道：“你自己不也是小孩，装什么大人。”

“你不觉得它很恐怖吗？”

男孩指了指自己脸上的黑色印记，认真地问道。

“没有啊。”

我摇了摇头，又把自己的衣服拉了起来，给他看我腰间的一块红色印记：“妈妈说胎记是父母的礼物，是我们从妈妈肚子里出来得到的第一件礼物，所以我们要珍惜它。”

男孩听了我的话，蓝色的眼睛睁得跟铜铃一般大，慢慢地嘴角的笑也荡漾开来。他从我手中把紫色的石头拿走，说道：“你这个蠢小孩，说起话来也没有那么蠢，看你也没有朋友，我就跟你做朋友吧。”

……

于是，从那天起，我照例每天去溪边捡石头，不同的是我多了一个朋友。他有时候不说话，只是坐在石头上看着我。有时候，我们会说很多的话，那一天我通常捡不了多少石头，但我依旧觉得很开心。

直到有一天，我跟往常一样去小溪边，却看到一群孩子在朝他扔石头。

“魔鬼……”

“你的样子好丑，你快去死！”

“你是故意来吓我们的吧？”

“讨厌的家伙！”

……

男孩没有戴面具，而是将脸上的胎记赤裸裸地暴露在大家面前。

我想冲过去制止他们的时候，却看到一个小孩竟然拿了一块很大的石头朝他扔过去。我顾不上那么多，冲上去将小男孩推开。

但是我没有想到，自己的力道太大，竟然将他推到了小溪里。

前几天的大雨让小溪里的水涨了上来，一下子就将男孩淹没了。

小孩们看到男孩落水，都慌乱地跑掉了，而我吓得哭起来。

这个时候来了一群穿着黑色衣服，看上去都很吓人的大人，其中一个毫不犹豫地跳进了小溪里……

男孩最终获救了，但是从那以后他再也没有出现过。

两个月后我从奶奶家搬走，慢慢地也把那个脸上有着“文身”的男孩忘记了。

我甚至都不知道他的名字，因为他从来没跟我说过。

而现在我知道了，他就是诺千熙。

在他的记忆里，那天我站在那些小孩身边，跟他们一起欺负了他，还把他推进了小溪里，害得他九死一生……

记忆可真是一个不可靠的东西，不然为什么我们俩经历了同一件事，却衍生出两种截然不同的记忆呢？

我不用退学，我也不用担心以后到底该如何安置复制人诺千熙，更不用担心如果有人发现了他会不会拿他去做实验，但我发现自己竟然一点如释重负的感觉都没有，心里面感到既荒唐又失落。

我回到家，一个人抱着轻松熊玩偶坐在沙发上发呆，一直坐到太阳落山傍晚来临，也没有动过。

直到传来钥匙开门的声音，诺千熙“啪”地打开墙上的电灯开关，我才有了动静，茫然地朝他看过去。

他会跟我说什么呢？

如果他现在就跟我坦白，告诉我一切都是他的阴谋，我该用什么样的表情来表达我的震惊、失望和歇斯底里的痛苦？

在我茫然的目光里，诺千熙皱了皱眉头。可他还没来得及说话，就被他身后跳出来的言言抢白道："糖心，你怎么坐在家里也不开灯？你看到网上的照片了吗？那可是我豁出脸皮求了哥哥好久，他才答应让媒体用诺千熙的照片顶替他发布在网上的。我保证以后没有人会再质疑他的身份，说他是假扮的了，校长也不会让你退学了！"

"看到了。"

我知道言言在说谎，但也不揭穿。我收回茫然的目光，假装高兴地说道："我就知道言言对我最好了，我真不知道该怎么感谢你才好，竟然为了我去求你那个常年生活在自己的阴影里走不出来，导致性格冷漠、变化多端、难以相处，总觉得所有人都亏欠他，全世界都跟他作对的哥哥，难为你了……"

"糖心你怎么了？别说了！"

言言看了看站在一边脸已经变成菜色、快要和灯光的阴影融为一体的诺千熙，大声地打断了我。

"为什么？很多人都这么在背后说他啊，又不是我一个人。"

我故意说。

虽然我内心知道，这么说，诺千熙对我的恨意会更深，对我的报复也会更猛烈，但我就是忍不住。难道只准他算计我，就不能让我逞一下口舌之快？

哼！

我假装感觉不到诺千熙的情绪变化，在心里发泄似的哼了一声。

“我们不要再说我哥哥啦。”

言言慌乱地转移了话题：“你晚上肯定没吃饭吧？我带你去我发现的一家料理店，他们家的碳烤芝士龙虾可好吃了……”

“对啊，我好饿啊。”

我不想再为难言言，赶紧附和她。

“那我们赶快出去吃吧。”

言言过来拉我的手的时候，诺千熙突然伸出手来，比言言早一步将我拉到他身边。他没有叫我主人，只是直勾勾地看着我，仿佛要看到我的心里去。

“你不高兴，为什么？”

“怎，怎么……”

我被诺千熙看得心虚，又害怕他知道我已经发现了他的秘密，于是躲开他的眼神，像平时一样用力地拍了一下他的后脑勺，大声说道：“你这个复制人知道什么高兴不高兴，我一整天都没看到你，我高兴得起来吗？”

诺千熙怀疑地打量我，在我快忍不住想要跟他撕破脸的时候，他的眼神突然亮起来：“主人是在关心我吗？”

那种喜悦的表情，一点儿也不像假装的。

影帝啊，瞧这从头到脚无比精湛的演技，无怪乎我从一开始就被他骗了，还一而再再而三被骗！

我竟然傻到以为是自己的自私让他来到这个世界上，对他充满了愧疚，想要让他感受到人类世界的温暖，想要对他好，还喜欢上他……

“谁关心你了？”

我的心寒冷得像冬天一样，但我不能表现出来，我难过地发现，只要诺千熙对着我笑，就算只是在演戏，我都会觉得很满足。

我是不是已经无可救药了？

“呵呵。”

诺千熙凝视着我的脸，露出笑容，拉着我的手说道：“我就知道糖糖最喜欢我了，我们出去吃牛排吧，有言言请客，我们不用花钱的……”

是啊，我喜欢上你了，像你希望的那样！

如果我现在告诉你，你的目的达到了，你应该就不会再伪装下去，马上敛去笑容，露出仇恨的目光吧？

“走吧，我们去吃牛排。”

我对着他眨了眨眼睛。

“我想自私一点，想把你留在身边久一点，所以我会当成什么都不知道，假装你只是属于我的诺千熙。”我在心里说。

第九章
如你所愿

CYGNUS
DEEP WHITE
YEARS

09

1

六月的雨，总是说来就来，淅淅沥沥地下个不停。我站在便利店的屋檐下，看着雨一滴滴地落在水泥地板上，发出啪嗒的声响。

“糖糖，你等很久了吧？”

诺千熙拿着伞冲了过来，由于跑得急，他的头发、肩膀都被淋湿了，跑过来的时候，发梢的雨滴还甩到了我的脸上。

我摸了摸脸上的雨滴，感觉到凉意，对着他笑了笑：“没有，你跑那么快干什么？看你身上都淋到了……”

我伸手要帮他擦掉头发上的雨水，却不想被他抓住了手，他蓝色的眸子突然变得幽暗而深沉：“糖糖，你最近是不是心情不好，有什么心事吗？”

“哪……哪有。”

我的心跳慢了半拍，从他手里抽回手来：“你看，我不是每天都在对着你笑吗，哪有心情不好？”

诺千熙的敏感是我没有预料到的，这让我不知所措，有种被看穿的心虚感。

“糖糖，你笑得一点也不真实，很勉强。”

诺千熙把我的手拉住，放在他的胸口，看着我说：“你开心或者不开心，我心里都感觉得到。”

这一刻，我突然有种恍惚的感觉，觉得诺千熙真的是喜欢我的，而不是为了报仇在跟我演戏。因为他的眼神那么真挚，他加速的心跳和身上的温度，每一样都在告诉我，他是真的在乎我……

“难道你还在想那个人？”

诺千熙的声音猛地沉了下去，还带着一丝愤怒。

“哪个人？”

我茫然地抬头看向他。

而就是这一眼，我仿佛看见了真实的诺千熙，那蓝色眸子深不见底，冷漠又无情，如同无底的深渊，掉下去就是无尽的痛苦。

我一下子清醒过来，我想要自私地留住我理想中天真无邪、眼中只有我一个人的诺千熙，这只是我自己做的一个美梦而已。既然是梦就总会有醒的那天，而那天真的到来，我是否能够承受得住呢？

“我就知道，你这些天看起来每天都对着我笑，可是心里想的都是安楠对不对？自从那天他跟你表白之后，你的心就开始摇摆不定，不是，那天之后你的心就全部被他占据了对吗？”

诺千熙把手中的伞丢到一边，抓住我的手臂，用力地摇晃着，眼神里仿佛酝酿着暴风雨："难道他就真的那么好，好到不管我做任何努力，你都看不见？我一直都陪在你身边，你就不能注意一下我吗？"

他连续的发问让我愣住了，我想可能是他终于失去了耐心，他以为我还喜欢着安楠，所以着急了吧？我突然感觉到累了，甚至在想要不然直接告诉诺千熙，我喜欢上了他，他的复仇计划成功了……

"你抓得我好痛……"

然而，我还是选择了逃避。

听到我喊痛，诺千熙马上停了下来。

"对不起，糖糖……"

他的声音很慌乱。他似乎在调整自己的呼吸，良久才拿起雨伞，跟我道歉："主人，我刚才可能没有控制住自己，切换到了其他模式，你放心以后都不会了，我会控制好自己，不会再伤害主人了。"

"没事。"

我低着头想了想之后，抬起头对着他勉强一笑："我们回家吧，可能是雨天的原因，大家心情都不太好。"

"嗯，我们回家。"

诺千熙点了点头，没有再说什么。

只是回去的路上，他一直跟我隔着一段距离。即使这样，为了给我遮雨，他的半个身子都在伞外面，被雨淋湿了。

我向来都很会逃避问题，不然我也不会因为害怕每天在家听爸妈为了鸡毛蒜皮的小事争吵而跑到位于另一个市区的长奈学院来读书了。所以，我跟诺千熙就这么相处着。

我不敢想象跟他坦白之后会发生什么，我催眠自己，诺千熙就是我以为的那个复制人，是为了我而存在的完美伙伴。

“叮咚。”

放在课桌里的手机突然响了一下。

语文老师皱着眉头朝我这边看过来。

我慌忙想说抱歉，诺千熙却先开口了：“对不起，老师，短信是我发的。”

“下次不要再犯。”

老师一怔后，只能息事宁人。

我转过身，对着诺千熙投去一个警告的眼神。

可他好像没有看见，对着我露出一排白色的牙齿，笑得无比纯良，还指了指我的手机，示意我看。

“放学后，我带你去一个地方。”

我看了一眼短信，打算无视，把手机调成振动模式，继续听课。

可是，没有想到诺千熙居然没完没了，连续给我发了好几条短信，搞得同桌都对着我蹙起了眉头。

“你快点回复吧，少在这里装矜持。”

我连白眼都不想对同桌翻了，反正在别人眼中，我就是攀高枝的那个人，诺千熙现在这样对我是我三生有幸。

你们来试一试，一个把小时候的仇记到现在，为了报仇不惜每天对着我这个“仇人”演戏的心机男，你们愿意要你们拿去！

不知道为什么，我突然有了逆反心理，兔子被逼急了也会咬人的。

“快点回我啊！”

“主人，你不要我了吗？”

“我给你准备了一个大惊喜哦。”

“你会很开心的。”

……

我点开手机，看着一串陆续跳出来的短信，回了一条过去：“吵死了，你再给我发，我就真的生气了。”

这条短信发出去后，诺千熙果然老实了。

但是放学后，他马上蹦了过来，蓝色的眼睛里像是有星星似的，一直对着我闪啊闪地放着光芒：“糖糖，快点跟我走。”

我没拒绝，任他拉着我跑。

诺千熙的手掌很宽大，几乎将我的手包裹住。

他的手跟我想象的富人家里少爷们的手不一样，虽然白皙修长，但是手掌上有厚厚的茧，像是武侠小说里练了很久武艺的大侠。我想起了他之前毫不费力地就能把人摔倒在地上的画面，不知道他吃了多少苦才练成那样，可见当年的阴影给他带来了巨大的伤害，他是为了不再被人欺负才变成这样的吧……

诺千熙带着我来到学校门口的时候，车子已经停在了那里。

我很识趣地没有问车子哪里来的，反正他也会找借口说是言言让人安排的。

不得不说，诺千熙为了报仇，还是做了很多攻略的，估计也看了不少小说和偶像剧，所以他的套路我马上就知道了。

但是看到自己身上穿的漂亮的礼服裙比上次我以为是安楠送的那件白色蕾丝礼服裙还要华丽时，我的内心再也无法平静。黑色的水钻布满裙摆，就连衣领的设计都别具匠心，天鹅绒的面料加上独特的手工刺绣渲染，所有的女生看了之后都会惊叫出声。

我穿着裙子出现的那一瞬间，看到了诺千熙眼中的惊艳。

诺千熙也换上了一身黑色的西装，拥有模特一般身材的他，本来就穿什么都好看，而现在穿上正装的他毫无疑问就是那个拥有高贵身份的诺曼家族的少爷。

他朝我弯腰，礼仪到位地伸出手："这位公主，不知道我有没有这个荣幸邀请您共进晚餐呢？"

诺千熙的声音醇厚得像陈年的红酒，有着诱惑人心的力量。

"当然。"

我的脸滚烫，却配合地点了点头，将手递给他。

诺千熙牵着我的手，走进餐厅里。

这家位于市中心长怀山上的全玻璃式构造的餐厅，可不是随意就可以订到位子的，更别提包场了。

我真的很想提醒一下诺千熙，有时候做得太完美了也容易露出破绽，就算是言言也不可能为了一个不相干的人做这种事吧……

可能是我的眼神没有隐藏好，诺千熙感觉到了，马上在我耳边小声解释道："主人，你这几天心情不好，所以我才切换了浪漫恋人模式，拜托言言小姐订了这家餐厅，你还喜欢吗？"

"喜欢。"

我朝他点头微笑，嘴角勉强扬了扬。

他都肯为了报仇做到这种程度，我还有什么好说的呢。

在小型乐队的伴奏下，在梦幻的烛光中，我和诺千熙面对面地开始享用精致的料理。

2

不愧是全市最贵最有名的餐厅，连对牛排并没有那么热衷的我也吃得停不下来。那种顶尖的美食在舌尖上跳跃的感觉，可能就是享受吧……

可是，心里面藏满了心事的我，怎么可能真的吃得开心？

“糖糖，你的心里究竟在想什么？”

对面的诺千熙终于开口了。

我握叉子的手顿了一下，抬起头来对着他嫣然一笑：“没想什么啊，我正在专心吃东西，我怕以后都吃不到这么好吃的东西了。”

“你如果想吃，我天天带你……”

诺千熙停了停，改口说道：“我们可以跟言言小姐说，她会带我们来的。”

“我只是说说啦。”

我没有想到诺千熙会这么说，也不想继续这个话题，便说道：“我又不像你一样那么喜欢吃牛排，你知道的，我喜欢中餐……”

“那我下次带你去中餐厅！”

诺千熙赶紧说道。在烛光的映照下，他蓝色的眸子里仿佛有星光闪烁。

“好。”

我敷衍地点点头，继续低头吃着东西。

餐厅里飘扬着动听的音乐，诺千熙有一句没一句地说着话。我心不在焉地回答着，有时候干脆不说话。

“你们都出去！”

突然，诺千熙让乐队停止了伴奏，将他们都轰了出去。

我这才从食物里抬起头来，一抬眼就发现诺千熙不知道什么时候已经走到了我面前，他就那么站在我面前，用一种审视的目光打量着我。

“你到底怎么了？”

诺千熙的蓝色眸子里充满疑惑。

我拿起腿上的餐巾擦了擦嘴边的汁液，浅浅地一笑，说：“我没有怎么啊，反倒是你，今天一直都很奇怪。”

“我感觉得到你不开心，而且有心事。”

诺千熙抓住我的手腕，一把将我从椅子上拉了起来：“主人，我能感受到你的任何情绪变化，所以你不要骗我。”

听到他又叫我主人，不知怎的我的心里忽然特别不舒服。我甩开他的手，说：“不要叫我主人，我听得难受。”

在诺千熙被我甩开的瞬间，我感觉到了他情绪的变化，因为餐厅的温度仿佛一下子就降低了好几度。这绝对不是空调的关系，而是诺千熙生气了，非常生气。

我想要逃开，于是转身就走。

“你什么意思？”

诺千熙一把将我拉了回去，两只手“啪”地一下将我固定在餐桌和他之间，让我感受到了实实在在的威胁。

“主人，你是不是又想丢掉我？是因为我打了你喜欢的人，还是你觉得是我在中间妨碍了你们？”

“你不要又发疯！”

我实在受够了他这样变来变去的，前一秒可以像春风一般和煦，下一秒就能刮起狂风下起暴雨。

“我发疯？我如果发疯也是因为糖糖你……”

诺千熙说着，就俯身吻住了我的唇。

我用力地想要推开他。我非常不喜欢他这样，明明是为了报仇，却想要吻我就吻我，他到底把我当什么了？

在我强烈的挣扎下，诺千熙松开了我。由于刚才激烈的吻，他还在喘息着。他用额头抵住我的额头，声音里带着一丝疲惫和恳求。

“糖糖，我喜欢你，我真的很喜欢很喜欢你。”

我的心猛地一跳。

虽然以前他也会毫无预兆地说一些喜欢我的话，但都没有这一次给我的触动大，那无力却又期待的感觉，让我的心都要窒息了。

我突然想，也许我们可以跟彼此坦白，说清楚小时候那件事，解除我们之间的误会。

“诺千熙，我们可不可以……”

就在这时，餐厅的门突然被推开了。

言言就像是一阵风一样冲了进来，她的眼眶是红色的，像是刚哭过：“诺千熙，你为什么那样对我妈妈？”

她的身后紧跟着南宫月以及餐厅的一群人员。

经理像是犯了大罪的人一样弓着腰一直对诺千熙道歉：“对不

起，我们挡不住诺小姐，她要闯进来我们也没办法……”

“你们下去吧。”

诺千熙对着经理挥了挥手。

“言言你怎么了？”

我感觉到了言言的伤心，应该是发生了大事。

可我刚要上前，就被诺千熙拉住了手，他皱着眉头看了看言言，说：“你一定要在这里跟我说吗？你考虑好后果……”

“我为什么不敢说？”

言言看了我一眼，然后愤怒又不甘心地看向诺千熙：“你都敢那样对我妈妈，还不准我说吗？我一直以为只要我听话，有一天你一定会喜欢我的。从你朝我伸出手的那天起，我就把你当作神一般，你说什么我都会听。我以为这一次你答应帮我找妈妈，是真的被我感动。我要把你做的那些事情都告诉糖心，我不会让你再伤害她……”

“诺言言，你知道自己在说什么吗？”

诺千熙出言打断了她，声音像是鬼魅一般阴沉恐怖。

我知道言言后面要说什么，但是我又不能让他们知道我已经知道了，而且看诺千熙现在这个样子，如果言言再说下去肯定会死得很惨。

所以，我连忙上前问道：“言言，你说的话是什么意思？你妈妈怎么了？跟诺千熙又有什么关系？”

“跟他没有关系。”

南宫月伸手将言言拉到身后，好像生怕诺千熙会伤害她。他对着我解释，不过更像是让诺千熙安心：“言言只是把诺千熙当成了她哥哥，你知道的，言言不敢跟她哥哥呛声，就只好来找诺千熙发泄了……”

“那言言的哥哥究竟做了什么事？”

我问的时候，特意看了看诺千熙的脸色，他面无表情地坐回到椅子上，好像我们说的话题与他无关一般。

“他找到了言言的妈妈，把她……”

南宫月假装无意地看了看诺千熙后，又说道：“把她关进了精神疗养院。”

言言听到疗养院，又激动起来，她哭着喊道：“你明明知道她只是有点抑郁，有时候会没有安全感想找个地方躲起来而已，她才不是精神病患者！为什么要把她关进那里？我知道这都是你的借口，你只是为了报复她，因为你觉得是我妈妈抢了你妈妈的位置，对不对？那些人说你是魔鬼的时候，我还帮着你反驳，可是现在我看透你了，你就是恶魔、魔鬼！你把她还给我，还给我！”

言言说到后面声嘶力竭，竟然晕了过去。

“言言……”

我冲了过去，担心地喊道。

“她没事，只是两天两夜都没有睡觉，没有精力才晕过去了。”

南宫月焦急地查看了言言后，对我说道。

“那怎么办，我们送她去医院吧？”

我连忙说。

“没关系。”

南宫月往诺千熙的方向看了一眼，说道：“她就是太累了，我带她回去让她睡一觉就没事了。”

然后他看着倒在自己怀里的言言，露出了怜惜的表情，叹了一口气说：“你这次做得有些过分了……”

说完，他就带言言离开了。

餐厅里只剩下我和诺千熙两个人。这突如其来的寂静让我有点不适应，而且这个时候我也不知道该说什么。

诺千熙竟然把言言的妈妈关进了精神疗养院，是像言言说的那样，他觉得是她妈妈抢了自己妈妈的位置，所以才会恨她，为了报复她才这么做的吗？

他能够对言言的妈妈做出这么残忍的事情，对我会心慈手软吗？

如果我跟他说一切都是误会，他也不会听我解释吧。因为以他的性格，只要是认定的事情，别人怎么说他都会觉得是狡辩……

诺千熙陪我演了这么久的戏，只是为了让我喜欢上他，然后再甩了我那么简单吗？会不会还有更残酷的报复在等着我？

我刚才因为他的告白而剧烈跳动的心，现在却像一潭死水般无望。一股凉意从心底升起来，冷得让我心寒。而在我心底深处，仿佛有什么东西在慢慢裂开，疼痛一点点地蔓延……

“糖糖。”

一双手突然朝我伸过来。

“别过来！”

我几乎是下意识地躲开，我的声音里也带着恐惧。

这丝恐惧让我的心事一下子暴露在诺千熙面前，他的眉头皱了起来：“你怎么了？你是不是也把我当成真正的诺千熙了？你是不是也觉得他很恐怖？”

我哑口无言，说不出话来。

诺千熙突然走过来，强硬地一把将我抱住，我听见他在我耳边说道：“糖糖，你不要怕我，我不是他们说的诺千熙，也不是他们说的那样的人，总有一天你会明白的。”

是吗，难道你对我的复仇计划不是真的吗？

你说的那一天，是你对我的报复成功的那一天，还是你露出真面目跟我撕破脸的那一天呢？

3

可是，我不想等那一天到来，我也不想跟诺千熙再玩复仇游戏，所以我找到了安楠。

微风轻轻地吹过湖面，小船的桨荡起一圈又一圈的涟漪，偶尔会有成双的鸳鸯落在湖面嬉戏。

“我知道自己的要求很过分，你不答应也可以理解，我可以另外想……”

我用手不停地摩挲着奶茶杯盖，小声地说。

“我答应你。”

安楠打断了我的话。

我偏过头朝他看过去，他的脸上挂着温暖的笑，说道：“虽然我不知道你为什么要这么做，但是能够和糖心在一起，即使是假的，我也很满足……”

“安楠学长……”

我还想说些什么，可安楠学长伸出食指放在嘴唇上对着我做了一个嘘声的动作：“不要说感谢的话或者感到有负担，你只要知道我帮你完全出于我的自愿就好，我也很高兴自己能够帮到你。”

“谢谢你。”

我深深地看了他一眼，见他皱眉又赶忙说道：“虽然你说不要说感谢的话，但我还是很想说，因为除了谢谢，我也不知道该说什么了……”

安楠学长真的是比我想象中还要好的人，他没有问我原因就答应配合我去骗诺千熙。就算我拒绝了他的告白，他也没有对我产生怨恨，而是像个骑士一样，愿意守护在我身边……

但是，我为什么会放弃这么好的人，而选择了诺千熙呢？

如果我的心一直不变，像以前那样喜欢着安楠学长，现在就不会因为诺千熙而感到难过和痛苦了！

我只希望这一次我跟安楠学长能骗过诺千熙，让他以为我喜欢的人真的是安楠学长，我们俩在一起了，那么他的复仇计划是不是就进行不下去了？

我并不打算直接告诉诺千熙安楠学长和我在一起的事，因为有些事情听别人的转述要比自己说真实一百倍。

所以，我和安楠学长开始大张旗鼓地在校园里谈起了恋爱。不管是在音乐社，还是大庭广众之下，我们俩都会做出亲密的样子，让所有的人都谈论起我们的关系，但我们又故意不承认。

“诺千熙知道了吗？”

安楠把饮料瓶盖拧开后，再递给我，像极了体贴的男朋友。

我对着他甜蜜地一笑，喝了一口饮料后，说道：“他这几天在忙其他事情，不过我估计他快知道了……”

这几天其实诺千熙也不怎么在家，我知道他肯定在忙言言妈妈的事情，所以也揣着明白装糊涂，假装不知道。

天气实在太热了，我和安楠为了让更多人看到我们俩的亲密关系，约的地方是太阳暴晒的校园广场，所以我不由得多喝了几口饮料。

喝得太快，我呛到了，饮料也不小心倒在了衣服上。

“怎么这么不小心，你慢点喝。”

安楠看到后，赶紧掏出纸巾帮我擦掉衣服上的饮料，又拿湿纸巾帮我擦拭流出嘴角的饮料。

我觉得这样的动作实在太暧昧了，想要推开他，却发现迎面走来的几个女生朝这边看过来，于是忍住没有动。

“你们俩在干什么？”

这熟悉的声音让我的心跳加快了。

来了！

诺千熙终于知道了！

我颤抖了一下，手却被安楠抓住了，他捏了捏我的手心，在我耳边说：“不要害怕，我来应付他。”

可正是安楠这样的举动，彻底激怒了诺千熙。

“你放开她！”

诺千熙带着怒气朝我们走了过来。

我猛地跟他的眼睛对上，被那里面流露的戾气吓到了，他蓝色的眸子无比幽深，看不到一点光亮。

“我为什么要放开？”

安楠跟我十指紧扣，将我拉到他的身边，对着诺千熙一笑：“你来得正好，我正要跟你说，我和糖心已经在一起了。以后你们两个还是注意点，保持距离，你也最好从她家搬出来，不要继续缠着她了……”

但诺千熙好像没有在听他说话一般，而是直直地看向我：“你果然还是喜欢他，我们在一起这么久了，难道你对我一点感觉都没有吗？”

“诺千熙你冷静点。”

我咽了咽口水，小心地看了他一眼后，就躲开了他逼迫的目光：“我知道你很难接受，但是你也知道，我一直都喜欢安楠，他也跟我表白了，我不能为了你就放弃他啊，你不要担心，我会让南宫月找到方法，不会让你毁灭的……”

“不，你在说谎！”

诺千熙的声音歇斯底里，带着浓浓的怒意，他突然冲过来，像上次一样想要给安楠一拳。

电光石火间，我冲到了安楠前面。

拳头在离我鼻子一厘米的地方停了下来，诺千熙如同斗败的困兽，蓝色的眸子里全是颓败和难以置信：“你竟然……你竟然为了他能做到这个地步？你知不知道如果我没有收住手，你会有什么后果？”

“糖心，你不应该这样。”

安楠也慌了，将我拉到他身边。

“不准你碰她！”

我没有想到的是，安楠才牵住我的手，诺千熙的拳头又挥了过来，安楠被他揍了一拳倒在地上。

两个人又一次打了起来。

这一次两人打得难舍难分，诺千熙的身手本来就好，所以他没有受什么伤，而安楠的身上大伤小伤看得我触目惊心……

“诺千熙，你住手！你再不住手，就马上从我家搬出去！”

我着急地吼道。

我的吼声终于让诺千熙停了手，他因为愤怒而泛红的眼睛渐渐恢复了清明。他朝我走过来，拉住我往校门外走去。

事情最后的结果是，安楠住了好几天的医院，诺千熙则被学校下了警告处分。

下警告处分的时候，校长还一副为难的表情，但安楠在学校也是很有影响力的，所以校长这一次并没有偏向诺千熙。

而我则是那个最愧疚的人，如果不是为了我，安楠也不会受伤。

所以知道安楠出院后，我特地去他班上找了他，向他道歉：“对不起，我实在不知道事情会搞成这个样子，诺千熙出手太重了……”

“糖心，不关你的事，男孩子哪有不打架的呢。”

安楠用打着石膏的手摸了摸我的头。

“可是如果不是我要你帮忙，你就不会跟他打架啊……”

我的眼泪在眼眶里打转。

“你别这样！”

安楠急了，伸手将我拉进他怀里，说道：“我早就想打他了，你不找我帮忙，我也会揍他一顿的。”

“我看你是想再挨一顿揍吧？”

我的手臂被人一拉，整个人转了一圈后又落入另一个怀抱。

我听声音就知道是诺千熙，我现在根本不想看到他，奈何他是一个厚脸皮又不会看别人脸色的人，完全不理会我嫌恶的眼神。

“诺千熙，你知不知道什么是适可而止？”

我恶声恶气地说，用力推开他。

“我看说这句话的应该是我吧。”

诺千熙突然拿出一个红色的日记本朝我晃了晃。看到日记本，我慌了。

“你怎么那么无耻！”

我跳起来去抢日记本：“你快把日记本还给我，你这个人知不知道什么叫隐私啊？”

“隐私我当然知道啊，但是跟我有关的隐私我就有权利知道。”

诺千熙像是心情非常好，他将日记本从左手换到右手，再从右手换到左手，逗着我跳来跳去的好像觉得很好玩。

“你卑鄙！”

我拿不到日记本，只能停下来喘气。

为了防止诺千熙偷看，这个红色日记本我可是藏在床底下，还用书压在上面做遮挡，他是怎么拿到的？

其实我并没有写日记的习惯，这个习惯还是遇到诺千熙以后，我发现自己在他跟安楠学长之间徘徊，苦恼又没有人倾诉的时候，才打算把日记本当成树洞，把烦恼都吐出来，再藏起来……

不过我现在庆幸的是，自从知道了真相后，我就没有再写日记了，因为心中堆积的烦恼并不是写日记就能消除的……

“诺千熙，你还是一个男人吗，为什么偷看糖心的日记？”

安楠也很生气。

“哼，比起某些被揍得鼻青脸肿的人，我自然很男人。”

诺千熙讽刺地说。

安楠学长被气得差点吐血，扶着栏杆的手在发抖，没有再说话。

“对了，你也很好奇我可爱的主人究竟在日记里写了什么吧？”

诺千熙伸长了手，将日记本打开，翻到一页后笑着说道：“话说这一段我可是非常喜欢呢，‘从遇见他的第一眼起，我以为除了他以外，我不会再喜欢上其他人，可是遇到了那个人之后我就……’”

“你给我停下来！”

我忍不住喊道。我低着头，心里有很多想法一晃而过，最后我只抓住了一个——我要结束这样的闹剧，我不想再继续提心吊胆下去，我宁愿诺千熙报复完后，完完全全地消失在我的生活里！

“对，我喜欢你，诺千熙！”

我突然抬起头，对着诺千熙笑了起来。

然后，我看见诺千熙的眼睛里闪过惊喜、激动，那里面像是放起了胜利的烟花，在不停地闪耀着。

“安楠学长，对不起。”

我转过身，朝身体颤抖的安楠学长道歉：“我没有办法继续喜欢你了，因为我喜欢上别人了。”

说完，我不愿意去看安楠学长眼中的失望，故意走到诺千熙面前，用非常大的声音吸引周围同学的注意。

这种场面应该就是诺千熙想要看到的吧，我在全校人面前表白，让大家都知道我喜欢他，然后他再当着所有人的面，毫不留情地甩了我，让我难过，让我丢脸。

如果只是这种程度，我想我可以忍受吧？

“我喜欢的那个人就是诺千熙。我也不知道自己为什么会喜欢他，好像在不知不觉中，我就离不开他了。我每次看到他的脸就会开心，听到他的声音也会开心，就连他的背影也会让我觉得很安心……诺千熙，你在我的心里已经种下了一颗种子，它慢慢地开出名为喜欢的花朵，越开越灿烂，让人不能忽视它的存在……”

我每说一句告白，心就痛一下。

是的，我说的每一句告白，都是真实的，可是这些真实的告白，也许在诺千熙眼里只是笑话而已。

你看他眼睛里的笑都要掩藏不住了呢！

他的复仇计划终于要成功了，所以他才会那么高兴吧？

“糖糖，我就知道你喜欢的人是我！”

诺千熙听了告白之后，伸手将我紧紧抱住，我听到了他如鼓声一般急促的心跳声，那是胜利在望的鼓号声吗？

“嗯。”

我在他怀里点了点头，哽咽着说：“现在你可以做你想做的了，复完仇就放过我吧，求你了！”

说完，我实在忍不住，哭了出来。

我在一群同学的唏嘘声中，没有回头看诺千熙一眼，飞快地逃离。

因为我怕再不走，我会更卑微更狼狈，我会真的掉进诺千熙那个虚伪又温暖的陷阱，舍不得离开……

第十章 回归真心

CYGNUS DEEP WHITE YEARS

10

1

寂静的夜，满天繁星在黑色的幕布上闪耀着，其中天鹅座尤为显眼，犹如翱翔在夜空的天鹅，骄傲地伸长了脖子，占据着中天位置。

我坐在窗户边，看着手中已经完成的拼图。拼图里小女孩拉着小男孩的手笑着，露出了可爱的酒窝，而男孩的右半边脸虽然被丑陋的骷髅头胎记占据，但是他的笑容尤为灿烂，好像那块胎记并不存在一样。

对于我来说，诺千熙现在就是那骄傲翱翔的天鹅座，而我却不再是那个能对着他笑得肆无忌惮的小女孩了。

当初他给我这幅拼图是为了提醒我，他就是那个因为胎记而自卑得躲起来的小男孩吗？

可是有什么用呢？

到最后，他还是会伤害我，他坚持认为我也跟那群视他为不祥的人一样，他并不曾相信我只是那个会安慰他，对他笑的女孩，不是吗？

“糖心，吃饭了。”

妈妈的喊声打断了我飘远的思绪。

我把拼图包好放进盒子里，朝卧室外面走去，一边走一边回答：“我来了，爸爸下班回来了吗？”

我主动从长奈学院退学，回到这个从小长大的地方已经两个多月了。诺千熙没有联系过我，我想他应该把我忘记，重新回到诺曼家族去当他万众瞩目的大少爷了吧。我却把他记在了心里，可能永远都忘不了了。

这就是他想要达到的报复目的，在我的心中刻下伤痕，而他毫不在意。

“快要开学了，你报名了吗？”

一直低着头吃饭的爸爸突然朝我问道。

“嗯，已经去报过名了。”

我答道。

妈妈夹了一筷子菜放到我碗里面，笑着说道：“这就对了，在附近的学校读书多好，爸妈每天都可以看到你……”

说到这里，她看了一眼爸爸后，才小声地继续说：“你放心，以后我跟你爸爸不会再吵来吵去了，年纪大了也吵不动了。”

“谁跟谁吵来着？”

爸爸沉着脸，嘀咕了一句。

“你什么意思，你是说我在找你吵架吗？也不想想是谁每天除了上班还要操持这个家，累死累活的……”

妈妈的声音大了起来。

眼看着两人又要吵起来，我习惯性地继续扒着饭。

“喀喀……”

就在这个时候，爸爸咳嗽了两声。

妈妈马上停了下来，关心地问道：“怎么了，是不是感冒还没好？”

“我没事。”

爸爸的脸色好转了，他指了指我，说：“你不是说以后不要让糖心看到我们吵架吗，怎么又忘记了？”

“还不是都怪你，偏要跟我抬杠。”

妈妈嗔怪地看了爸爸一眼。

“爸爸妈妈，以前是我不懂事，我知道你们俩是因为爱着对方，在乎对方，才会每天有吵不完的架，如果不在乎对方，恐怕连见都不想见，还会慢慢地忘记吧……”

说着说着，我发现自己走神了，急忙把注意力拉回来，对着饭桌上露出惊讶目光的爸妈道歉：“总之，我以后不会觉得你们烦而说出一些伤害你们的话了。你们也不要在意我，像以前那样相处吧，对不起。”

“你这孩子，在说什么呢！什么爱不爱的……”

妈妈说着说着脸红了。

而爸爸则是看了我半天后，凑到妈妈耳边问道："孩子不会有什么问题吧，是不是跟你看的那些婆婆妈妈的剧一样，在外面撞到脑袋，有点不正常了？"

"老爸，我全都听到了！"

我无奈地抚着额头，敲了敲饭碗。

"我什么都没说。"

爸爸说完，一本正经地吃起饭来。

……

虽然爸爸那么说，但是我知道他很高兴看到我的转变。而这些天我跟他们相处以后，也发现了一些以前不曾发现的事。

妈妈的手没有以前那么白皙细嫩了，在我眼中比别人爸爸总要帅气一些的爸爸鬓角也出现了丝丝白发。他们两个却还是像以前一样，每天吃完饭后，老妈吵吵嚷嚷地逼着爸爸去洗澡休息，不要又跑去做没做完的工作，爸爸也会唠叨妈妈总是坐着，也不出去运动多走走……

他们比我想象的还要在乎对方，这从生活的小细节就能感受得到。他们在日常的吵吵闹闹背后，藏着对彼此的关心。我也是因为长大了，经历了一些事，才看得更加明白。

就像诺千熙对我一样，就算平时吵吵闹闹，但总会在很多细节上照顾到我：因为我很难入睡，他总会在每天晚上给我准备一杯牛奶，好让我更容易睡着；走在马路上的时候，会让我走内侧；即使是吵架的时候，他也会给我打伞，宁愿自己淋湿……

天啊，我为什么又想到诺千熙了呢？

当我发现阻止不了自己去想诺千熙的时候，我也不再强求，因为喜欢他，我在痛苦的时候也会感到快乐。

所有的感情都是这样，不管是友情、亲情还是爱情，它们有时候会带给你伤痛，有时候却让你感受到快乐、温馨和美好。

不知不觉中，我离开诺千熙已经三个多月了，而我也慢慢地适应了现在的学校，也交到了不少朋友。

我幻想过无数次，也许某一天诺千熙会突然出现在我面前，告诉我他并没有忘记我。可随着时间的流逝，我不断失望之后，也渐渐地不再去幻想了。

可是就在我放弃所有幻想的时候，诺千熙却出现了。

这天，我像平常一样，带着妈妈做的午餐，乘坐公交车来到学校，然后先去做了值日，再回到座位上打算预习今天的课文。

但走进教室的时候，我看到一个穿着校服的男生坐在同桌的座位上，他用手撑着头，看向窗外，像是在思考问题。

他的背影像极了诺千熙，就连那一头张扬的金黄色头发都一模一样，所以看到他的时候，我的心剧烈地跳动起来。

“不要再幻想了，不可能是他的……”

我对自己说。

然后，我朝他走了过去，尽量让自己的声音不要显得那么激动："同学，你是哪个班的，是来找琴儿的吗？"

"不是。"

低沉的声音在我耳边响起的那一刻，我周围的一切仿佛都消失了。

诺千熙转过头来，蓝色的眼眸像我初见他时那般纯真："主人，我是来找你的。"

诺千熙竟然叫我主人，我没有听错吧？

"你没有听错，主人。"

诺千熙对着我展颜一笑，他这一笑，让从他背后洒进来的阳光都黯然失色。

事实告诉我，我并没有听错，诺千熙不但转学过来，还跟我做了同桌，在后来的日子里更是无孔不入地侵入我的生活。就连我的爸妈，在经历了对他充满戒备的第一次见面之后，也被他"降服"，还让他搬进了我家。

诺千熙一定是对他们施了法！

我无比肯定自己的这个想法，不然我那把所有男生都当成假想敌的爸妈怎么可能让他留在我家，还给了他我家的黄金床位——客厅的沙发？

"小熙啊，阿姨今天买了葡萄，你快拿进去跟糖心一起吃，吃完你们再做功课。”妈妈捧着一篮子葡萄走到我卧室门口，叫住诺千熙。

“谢谢阿姨，你真是我见过最贤惠的妈妈了。”

我听见他礼貌的道谢声，还有拍马屁的声音，接着又听到了我妈妈的笑声。

“吱呀。”

门打开了，我赶紧端坐着做作业，假装没有偷听。

“别装了，作业本都放倒了。”

诺千熙走近，看了看桌面后说道。

“你要缠着我到什么时候？”

我放下笔，瞪着他。

“我不是说了吗？你只有一个选择，就是跟我回长奈，我们把没有做完的事情做完。”诺千熙把葡萄放到桌上，坐在我旁边的椅子上。

我马上将凳子往一边移了移，这个动作让诺千熙沉下了脸，但我选择无视：“我不是跟你解释过了，你还要我解释多少回？小时候的事情是个误会，我当时是为了救你才会不小心把你推到溪里的……”

“我知道那是一个误会。”

诺千熙的脸上看不出喜怒，好像在说一件稀松平常的事。

我的心里面没有底，不知道他说的是不是反话。

“既然你都知道是误会了，能不能放过我？”

不是我多心，我觉得他压根就没有相信我，他说他知道是个误会，没准是在应付我。

果然，他伸出食指对着我摇了摇，浅笑着说道：“当然不可以，我可是好不容易才找到你，怎么能说放过就放过呢？”

“那你到底想怎么样？”

我爆发了，打算破罐子破摔。

“你不是知道我想干什么吗？既然你都知道了，那就配合我，先答应做我的女朋友，我才好甩掉你啊。”

诺千熙理所当然地说着，嘴角始终带着笑意。

如果你遇到讲道理的人，你还可以跟他论理，但是诺千熙这个人就像是一潭深不见底的水，你不知道那下面到底还藏着什么心思……

我颓败地垂下头来，无奈地说道：“如果我答应了你，顺着你的意，陪你演完这一切，你是不是就能放了我？”

“嗯，看我的心情吧。”

诺千熙没有再笑，说话的声音也变得低沉，但是他灼热的眼神看得我透不过气来。

他停了一下后，说道：“既然你答应了我，就早点跟我回长奈吧，我可不想一直睡你们家的沙发，我都觉得这几天我变矮了。”

这就恢复少爷做派了啊，说的好像有人逼他睡我家沙发似的，不喜欢可以走啊，那张沙发可是我们家最贵的家具，比我的床还贵呢！

有本事把这话说给我爸妈听，看他们不马上赶你走……

我在心里吐槽。

当然我也只是在心里攻击他一下而已，我可不想再加深跟他的矛盾，谁知道这个家伙会不会又给我记上一笔仇……

“可是，我爸妈那边怎么办？”

我试着挣扎一下。

诺千熙瞥了我一眼之后，说道：“你不用担心，既然我有办法让他们收留我，自然会有办法让他们答应。”

“对，你当然有办法，有的是办法。”

我咬着牙说道。

“你乖乖跟着我走就好了。”

诺千熙说完，还站起来像摸宠物一样摸了摸我的头，然后拿着装葡萄的水果篮子往外面走，满脸笑容挡都挡不住。

过了一会儿，我就听见他的声音响起来：“阿姨，你买的葡萄好甜，跟你的声音一样……”

我浑身打了个颤。

诺千熙这个变色龙似的家伙，真是表里不一，见人说人话，见鬼说鬼话，还是小时候可爱。如果时光能够倒流，我一定要回到过去把那个时候的诺千熙拯救过来，让他的三观不要变成现在这样！

2

诺千熙用了什么办法说服我爸妈，我不知道，我只知道他成功地让我又回到了长奈学院，连原来的小公寓也被诺千熙租了下来。

我们俩又开始了跟以前相似的生活，好像一切都没有改变一样。

可我等了很久，还是没有等到诺千熙的报复。反而他对我越来越好，把我照顾得无微不至，甚至比以前他装成复制人的时候还要好。

“你到底什么时候甩了我？”

我已经没有耐心了，干脆直接问诺千熙。

诺千熙帮我抹蛋黄酱的手停了一下，抬头看向我：“这才十多天，你就忍不住了？我有的是时间，只要你愿意，也许我们可以在一起更久一点……”

“我不愿意！”

我想都没想就打断了他。

然后，我感觉到了诺千熙扑面而来的怒气，但是一瞬间他就全收了回去。我再看向他时，他的脸上已经一片笑意：“你不愿意也没关系，反正现在这段关系是我说了算，我想玩多久就玩多久，你既然没有权利说不要，倒不如配合我，也试着喜欢我一下……”

“我本来就喜欢你。”

我嘟囔道。

等我说完，才发觉自己竟然在不自觉的情况下就这么告白了。

我的告白让诺千熙手中的三明治掉在了桌上，半天他才回过神，故作淡定地捡起三明治，灿烂一笑：“以后糖糖要跟我告白的时候，可以提前通知我一声吗？你这样是犯规的，我的心脏并没有那么坚强。”

我的脸烫得可以煮熟一只鸡蛋。

“谁跟你告白了！”

我从他手里抢过三明治，塞进嘴里。

“别那么急啊，那是刚刚掉在桌上的……”

诺千熙提醒我。

我往嘴里塞三明治的动作顿了一下，然后故意用力地往嘴里塞：“桌子上面干干净净的又不脏，怎么不能吃了？我才不像某些少爷一样有洁癖！”

“你慢一点。”

诺千熙宠溺地对着我一笑，突然伸出修长的手指在我嘴角边一擦。

柔软的触感让我感觉似乎有一道电流划过，心脏也剧烈地一跳。他好像还来劲了，手竟然又往我的嘴唇伸过来。

我“啪”地拍开了他的手，戒备地看着他。

“你想干什么？”

“以我们现在的关系，我当然是想……”说完，他的嘴角勾起一抹弧度，身体前倾，朝我俯过身来。

“想什么想，不准想！”

眼看着他的脸越来越近，我一巴掌拍开他的脸，说：“你别想对我动手动脚耍流氓，我可不会让你胡来！”

“你不是喜欢我吗？应该更喜欢我动手动脚才是。”

诺千熙摸了摸脸，愉快地笑了起来，将我手中只剩半块的三明治拿过去，咬了一口，说：“放心，我只是想尝一口你手中的三明治。看你吃得那么开心，以我们俩的关系，你肯定不介意我分享吧？”

“你……”

我的脸变得滚烫，我瞪了他一眼，嫌弃地说道：“那上面有我的口水，你也不嫌恶心！”

我直白的话总算让诺千熙冷下了脸。

不过他依然装得高贵冷漠，将三明治放在一边，说道：“今天下午音乐社有一场音乐演奏会，你要不要跟我一起去看？”

“难道我可以说不吗？”

我一看他这个样子，就知道有阴谋。

音乐社的演奏会，安楠肯定是主要出演人员，而以诺千熙小心眼的程度，连音乐社都给我退社了来看，一定是有什么阴谋，不然他才不会提出来……

难道是想当着安楠的面甩了我？

对，他肯定是觉得如果当着我曾经喜欢的人的面甩了我，我会感到更加痛苦，因为我跟安楠明明互相喜欢着对方，却被他成功地拆散，这样他的成就感会翻倍……

“不是你想的那样。”

诺千熙瞥了我一眼，摇了摇头：“南宫月说你跟言言一样想象力丰富，我算是感受到了。”

“你又知道我在想什么了？”

我噘嘴朝他翻了个白眼。

“我当然知道。”

诺千熙的蓝色眼眸深邃无比，朝我直直地看过来：“不管你想什么，我都知道得一清二楚，主人。”

“我拜托你行行好，能别再叫我主人吗？”

我摸了摸手臂，感觉到鸡皮疙瘩都冒了出来。

这几天每当诺千熙想要恶心我的时候，就会这么叫我，每当他这么叫我，那些被他欺骗的回忆就会浮上心头。

一想到自己曾经那么愚蠢地相信了他布下的局，还一头扎了进去，我就想掰开自己的脑袋看看里面是不是空的……

诺千熙决定的事情，我哪能说不，我要是说了不，他会有一百种办法逼着我点头，所以我很识相地答应了。

“但是你要答应我一件事。”

我想要趁机为言言争取一些利益，见诺千熙的脸色并没有什么变化，还朝我点头，我连忙端坐着小心地看了看他，说道：“你能不能让言言每个星期去见见她妈妈，我看她真的很想见她……”

诺千熙的眉头皱了起来，就在我以为没戏的时候，他却开口说：“一个月一次，医生说她现在状态只是暂时有了好转。”

他不但答应了，还跟我解释？

我一时间愣在那里，不知道该说些什么。

“谢谢。”

好半天我才找回自己的声音，开心地替言言跟他道谢，又说：“言言听了后肯定会很高兴，不过你为什么不告诉言言真相，还不准南宫月说……”

“难道你觉得让她知道她那个在她心目中美丽得跟月神一样的妈妈曾经因为抑郁症想要割腕自杀，差点一命呜呼对她比较好吗？”

诺千熙反问。

我张了张嘴，惋惜地说：“可是，那样言言就会误会你啊，你不知道你在她心目中的形象已经跌到谷底了吗？”

那个一说到自己的哥哥就两眼发光，一脸崇拜的诺言言，现在一提起哥哥就只剩下幽怨和伤心，甚至每次看到诺千熙都会躲得远远的……

“就让她误会吧。”

诺千熙的声音轻轻的，似乎飘到了很远的地方。

“诺千熙……”

突然变得陌生起来的诺千熙让我有点心疼，我呼唤着他。

他回过头来，若有似无地看了我一眼：“我已经习惯了别人的误会。”

诺千熙话里有话，让我一时间回不过神来。

他的意思是，我也对他有误会吗？

可是，我不觉得自己有误会他的地方，反而是他一而再再而三地撒谎设下陷阱，把我玩弄于股掌之间吧……

3

下午音乐社的演奏会，我也是知道的。这在长奈学院可是一件大事，来观看的除了本校的学生以外，还有很多买票入场的其他观众，甚至前排坐着的都是有声望的音乐家。他们可能会在演奏的人里挑选中意的收为学生，这也是长奈学院的学生挤破脑袋都想进音乐社的原因……

所以，当我跟诺千熙坐到前排的位子时，我的内心是拒绝的。

“我们就不能低调点，坐到第二排去吗？”

我用手肘推了他一下，小声地说道。

诺千熙对着我露出一个微笑，附在我耳边说道：“不能，因为等一会儿我可是有精彩的演出想看。”

“你到底想干什么？”

我心里警惕起来。

诺千熙意味深长地扫了我一眼后，说道：“等一会儿你就知道了……”

动物在危险来临之前，都会有第六感让它们逃跑，而现在的我就是这样，我的第六感告诉自己，绝对不会有什么好事，要赶快跑……

可是我又跑不掉，只好戒备地看着诺千熙。

演奏会在社长的大提琴独奏中拉开帷幕，然后是社团里近几年斩获音乐节大小奖项的成员们，直到安楠和洛方婷出场，我总算了解了诺千熙这次带我来听演奏会的目的。

舞台上的安楠穿着量身剪裁的燕尾服，灯光下的他如同从漫画里走出的王子一般。而洛方婷穿着一身优雅的鱼尾裙，波浪卷发披在脑后。她坐在钢琴前面，十指优雅地弹奏出美妙的音符。

我上网搜索了一下，这是巴赫的名曲《G弦上的咏叹调》，介绍上说，十九世纪德国的著名小提琴家威廉密将这段咏叹调改编为钢琴伴奏的小提琴独奏曲，主奏小提琴必须在G弦上演奏全部旋律，而又搭配类似低音弦的钢琴伴奏，旋律悠长而富有诗意，对演奏者的功力要求极高。

然而曲子好像是为安楠和洛方婷特别准备的一样，两个人配合得十分默契。听到最后，就连坐在诺千熙身边一直板着脸、在国内非常有名气的演奏大师秦教授都露出了微笑。

“怎么样？”

诺千熙偏过头来，故意问道。

“幼稚。”

我瞥了他一眼，小声说道。

诺千熙是想让我看到安楠和洛方婷搭档演奏的画面，让我嫉妒吗？难道他忘了，我已经不喜欢安楠了吗？还是，他觉得我还喜欢着安楠，他的目的并没有达到，才会故意带我来看演奏会，试探我呢？

我这么一想，就坐不住了，刚想要问清楚，舞台背后的大屏幕突然亮了起来，一张照片出现在屏幕上。

照片拍得十分唯美，在一片紫藤花架下，纷飞的花瓣里，女生靠在石壁上，而站在她面前的男生俯身低下头去，亲吻着女生的额头。

女生就是正在台上演奏的洛方婷，而男生虽然只能看到侧脸，我还是一眼就认了出来，那绝对不是安楠学长，而是诺千熙！

我的身体在那一刻突然软了下去，胸口好像被什么东西狠狠地刺了一下，连心跳都慢了半拍。

“这是怎么回事？”

诺千熙看到照片后，冷着脸从座位上站了起来。

这次长奈的音乐演奏会，有几家媒体也被邀请参加，在看到照片后，他们马上像蜜蜂看见花儿一般兴奋地开始拍照。

在座的观众也很激动，纷纷拿出手机对着屏幕狂拍。

“谁敢再拍？都给我把相机收了！”

诺千熙的声音充满寒气。

几个校领导也在场，见事情一发不可收拾，赶紧叫来了保安处理，把在场的大人物和观众有秩序地撤离出去。

这个过程中，我一动不动地坐在椅子上，脑袋里一片空白，好像屏蔽了周围的一切，听不到其他任何声音。

舞台控制室也是一片慌乱，虽然把照片从屏幕上删掉了，但是没有人知道是谁把照片放进去的。

其中一个负责人被校领导叫到前面来，他眼神复杂地朝诺千熙看了一眼后，小声说：“我敢保证没有无关人员进过控制室，除了……”

“除了什么？”

诺千熙冷冷地盯着他。

他缩了一下脖子后才说：“除了演奏会之前，你跟洛方婷来过一次，还让大家都不要进去。”

“我和她进去是因为……”

诺千熙皱了一下眉头，像是想到什么，凌厉的目光朝洛方婷扫了过去："是你！你为什么要这么做？我让你放的不是你跟安楠……"

"够了，诺千熙，你不要再演戏了！"

忍耐了很久的我握着拳头从椅子上站起来，爆发似的喊道："这不就是你想要的结果吗，在众人面前甩了我，以到达你报仇的目的，不是吗？你做得很好啊，没有什么不对的地方。恭喜你，终于成功了！"

我喊完之后，才发现自己胸口堵塞的那股疼痛感并没有消失，而我的眼泪随时都有可能落下来。

"糖糖，你听我说……"

诺千熙朝我走过来。

不，我不能让诺千熙看见我流泪，在被他彻底伤害后，我不想听他继续嘲笑我的狼狈。

"你走开！"

我用力地推开诺千熙，往礼堂外面跑去。

我把自己想得太过坚强了，我以为自己已经做好了充分的心理准备，诺千熙做什么我都会坦然接受，可是……事实将我的软弱暴露无遗，我完全不像自己想象的那样可以无动于衷。

我比我想象的更在乎诺千熙。

我相信诺千熙跟洛方婷学姐没有什么，但我伤心的是，诺千熙竟然用这样的方式来进行复仇。

他可以当着大家的面甩了我，可是为什么用这种方式呢？

他的确伤到我了，比任何一种方式更让我伤心。我不得不承认，诺千熙的复仇很成功！

我哭着跑出了礼堂后，回到了小公寓里。

我环顾了一圈房里的摆设后，发现每一个角落里都有我跟诺千熙的回忆。可是那又怎么样呢？

回忆就只能是回忆，更何况还是虚假的回忆。

“是该结束了。”

我嘟囔着对自己说，收拾起自己的行李来。主动离开总比诺千熙赶我走好。

就在这个时候，手机疯狂地响起来。

“言言？”

我接通电话，声音里带着委屈和哽咽，我知道这个时候我需要一个倾听者，而言言是最好的对象，但是我又不知道该说什么。

在我停顿的时候，言言紧张的话语传过来：“糖心，你在哪里？我知道了礼堂的事，我和南宫月怎么找你都找不到，你不要想不开……”

“我在公寓里。”

我愣了愣后，小声地说道。

“公寓！”

言言一听到我的回答，马上就像竹筒倒豆子一样地说道："好好，你待在那里不要动，我们马上就过来，千万不要动任何东西啊，离那些刀子啊、玻璃啊、安眠药啊远一点，在我们到之前你都不要动……"

然后电话就挂断了。

我听着手机里传来的嘟声，无奈地朝天花板翻了一个白眼，我就算再怎么伤心难过，也没有到那种地步吧。

生命比任何东西都重要。

上天在赋予我们生命的时候，就给了它完整的定义，是一生只有一次的珍贵无比的赠予，失去了它，别说爱情了，什么都是虚无。

我在公寓里只等了一会儿，言言就冲了进来，一同来的还有南宫月，但我没有想到的是诺千熙竟然也来了。

我感觉到眼眶酸涩起来，我转过头，以防诺千熙看到我的狼狈："不是都结束了吗，你的复仇那么成功，不去庆祝，跑来找我干什么？"

"糖糖，你真的误会我了。"

看到我想要捂住耳朵，诺千熙赶紧喊道："你不要学那些电视剧台词说你不要听什么的，我今天一定要跟你解释清楚！"

他说完，对着外面喊了一句："你怎么还不进来？想要我把你告上法庭，说你侵犯我的肖像权吗？"

“诺千熙，你不要欺人太甚，先利用我的人不是你吗？”

洛方婷从门口走了进来，表情显得有些狰狞。

“什么意思？”

我不是傻子，感觉到了不对劲。

“我是利用她了。”

诺千熙大方地承认了，低沉的声音里带着一丝愤怒：“我本来要她放的是她跟安楠的照片，可没有想到她竟然利用修图技术，把照片里的人换成了我！”

接着诺千熙轻蔑地笑了起来，看了洛方婷一眼：“而她的目的我大概也能猜到，她因为得不到安楠，对你产生了嫉恨，就想用这种方式来打击你，毕竟你曾经可是当着大家的面跟我表白过……”

他说到这里的时候，蓝色的眸子闪了闪，好像想到了不好的事情，然后他摸了摸鼻子，看了眼我的脸色。

我能给他什么好脸色，哼了一下后转过头不去看他。

“不得不说，洛方婷你真是幼稚。”

诺千熙嗤笑一声，说道。

“你也很幼稚！”

我斜着眼睛看他，问道：“那请问大少爷你逼着洛方婷放她跟安楠的照片是为了什么，是想让我对安楠死心，还是试探我是不是还喜欢他？”

“咯咯。”

诺千熙咳嗽了两声，想要过来拉住我。

可我怎么会给他机会，我绕着茶几拐了一个弯后，提起行李就走："好了，反正不管今天你的目的是什么，你也算是达到了你复仇的目的，我这个被报复者也该功成身退了，以后我们俩再也不要见面……"

说到不见面，我的鼻子又酸了起来。

"糖心，哥哥他其实……"

言言拦住了我。

"我来说！"

诺千熙朝我走过来，一把将我手中的行李抢过去丢在一边，紧抓住我的手，用深邃的眼睛盯着我，仿佛要把我吸进去："你以为我为什么给你那幅拼图？我是要告诉你，我很怀念小时候的时光，因为从那时候起，你就永远留在了我的记忆里……"

"是啊，从那时候起你就想要报复我了吧？"

我撇了撇嘴，躲闪着他的目光。

"没错……"

诺千熙点了点头，将我的脸扳过去，眸子里荡漾着温柔和深情："我一开始的计划是想要报复你，可是我很快就发现自己误会了你，我本来想终止这项计划，却慢慢地在跟你相处的过程中了解了你，比小时候更喜欢你了，所以我的报复计划就变成了追求计划。我没有想到的是，因为我没有跟南宫月解释，导致他和言言都误会了我的意图……”

“真的吗？”

我不可思议地看着诺千熙，对于他这种莫名其妙的神转折的告白似信非信，所以我并没有感动和惊喜，反而问道：“你还想骗我？你说的追求计划该不会是装成每天切换成各种模式的复制人欺骗我的感情后，又变回少爷来威胁我吧？哪有人会这样追女孩子的，你当我傻吗？”

“是啊，你就是那个傻女孩啊。”

诺千熙宠溺地笑起来，揉了揉我的脑袋，掏出一本漫画来：“难道你忘记了你小时候最喜欢的这本漫画《千面恋人》？”

“没错。”

南宫月插话，抚着额头看似无奈地说道：“当初他可是逼着我跟他一起看了几天几夜的漫画，说这是你最喜欢的，里面那个变态……呃，那个脑子有病的男主角，有十几种变来变去的性格和装扮，竟然把女主角迷得神魂颠倒的……总之，结果就是他觉得他也可以像你梦想中的那样成为一个千面恋人，那样你肯定会喜欢上他……”

“没想到你还记得？”

我难以置信地捂住嘴，脸也滚烫起来。没错，小时候我的确很喜欢看那种没营养的漫画……

诺千熙凝视着我的眼睛，手轻轻地抚摸着我的脸颊，慢慢地说：“你说的每一句话我都不曾忘记过。”

“你是真的喜欢我吗？”

我依然不敢相信，因为漫画毕竟是漫画，我可不像漫画里的女主角那样，在经历一次又一次的欺骗后，还能那么自信。

诺千熙没有点头，也没有信誓旦旦地跟我说他有多喜欢我，而是用他那低沉悦耳的声音在我耳边说道：“你现在不相信没关系，我会用以后的每一天告诉你，我有多在乎你，我的女孩。”